18封信聊透红楼梦

十字路口的贾家

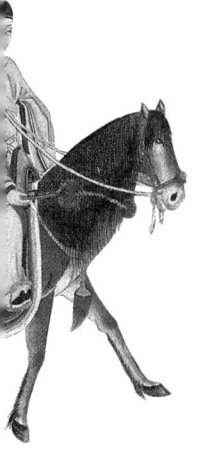

刘晓蕾 / 杨早 / 庄秋水

目录

第一辑 打破界限，撕掉标签

第一封信
每个人读的都是自己 ……………… 刘晓蕾 2

第二封信
被名著"毒害"的人生 ……………… 庄秋水 16

第三封信
以新眼观旧书，旧书皆新 ……………… 杨 早 28

第二辑 小人物也有自己的光环

第四封信
最好的材料是你深知的材料 ……………… 庄秋水 40

第五封信
如果我来开局《红楼梦》 ……………… 杨 早 52

第六封信
曹雪芹是如何对付传统的 ……………… 刘晓蕾 68

第三辑　纯粹有多美，自由有多贵

第七封信
成规不存，意义焉附？…………………庄秋水　82

第八封信
十字路口的贾家……………………………杨　早　94

第九封信
对爱情的老调重弹…………………………刘晓蕾　111

第四辑　千万不要小瞧林黛玉

第十封信
用文学抵抗遗忘……………………………刘晓蕾　126

第十一封信
千万不要小看林黛玉………………………杨　早　140

第十二封信
真正活过的诱惑……………………………庄秋水　157

第五辑　婚姻是《红楼梦》的主线？

第十三封信
贾宝玉为什么恐婚？………………………杨　早　172

第十四封信
故事如何收场？……………………………庄秋水　190

第十五封信
把婚姻置之死地而后生？…………………刘晓蕾　203

第六辑　爱、现实和自由

第十六封信
困在系统里的人 …………………………… 庄秋水 218

第十七封信
在墙上开一扇窗 …………………………… 刘晓蕾 230

第十八封信
很大很大的黑房间里的一丝微光 ………… 杨　早 242

附　录
三十四个故事解码《红楼梦》 255

打破界限，撕掉标签

第一辑

刘晓蕾

每个人读的都是自己 ——

第一封信

秋水、杨早：

见信如面。

咱们的"名著三缺一"要开场了。跟两位志同道合的好友开启读名著的马拉松，想想就兴奋。何况以书信这种形式你来我往，也是会逼自己说掏心窝子的话的。

秋水在朋友圈里说我们仨整了个大活儿，说起来，这个大活儿的发起完全是临时起意。那天你俩给我的新书《刘晓蕾〈红楼梦〉十二讲》慷慨站台，虽然是第一次同框，事先也没有对台词，但现场话题非常开放，聊得花团锦簇。不同的视角既能缠绕交织，还能荡开无数涟漪。由此，《红楼梦》成了一个有无限可能的宇宙，可以生发无穷的意义。现场意犹未尽，不如干票大的，重读六大名著[1]。

---

[1] 此处指《红楼梦》《西游记》《水浒传》《三国演义》《儒林外史》《金瓶梅》六部著作。——编者注（本书脚注若无特别说明，均为编者注）

怎么读呢？首先，咱不摆专业研究者的谱儿，不掉书袋，不故作高深；其次，把名著们拉下神坛，用现代人的视角，让它们重新活过来。名著不能被仰视，否则会丧失温度。如此，一生二，二生三，三生万物。三个人一定火花四溅，碰撞出一个更辽阔的世界。

我读《红楼梦》的时间比较早，那时是小学五年级，家里的文学读物并不多。我记得那是一套人民文学出版社出版的《红楼梦》，封面是旧旧的绯红色，有点儿残缺。当然也读不出什么名堂，只是背下了《葬花吟》全文，目的是跟小伙伴炫耀，收获崇拜无数，果然读名著始于虚荣心。掐指一算，我的名著阅读史竟然有四十多年了！

秋水在对谈现场问我们：《红楼梦》里有哪个人物，你年轻时十分讨厌，现在却能理解了？秋水的回答是贾琏，我脱口而出的是贾政。年轻时认为贾政就是一个假正经，整天端着架子，跟一帮清客相公混，无识又无趣。人到中年，却看到了他的不得已——本来是个爱读书的人，还被贾赦讥讽过是书呆子，却没资格参加科举（被皇上赏了一个"主事"）证明自己；眼睁睁看着家族走下坡路，寄托厚望的大儿子早逝，小儿子宝玉却不走寻常路；上有贾母这样的人精母亲，哥哥贾赦死活看自己不顺眼，跟王夫人没有共同语言，唯有赵姨娘处还可以歇息，赵姨娘却被全家人嫌弃……悲催的中年人啊。

听到这里，杨早在一旁悠悠地说："你们油腻了。"年轻时，哪里想得到自己的同情心会给予贾政、贾琏这样的人呢？人到中年，果然变了。

如果说《红楼梦》是国民经典，几乎每个人都可以找到自己的阅读入口，《金瓶梅》就不一样了。当我还是一个文艺青年的时候，曾有机会跟全本《金瓶梅》近距离接触。可是，它是繁体竖版的，而且文风过于粗粝，实在难以下咽，愣是读不下去。但很多人都说"金"是"红"的老师，没有"金"就没有"红"。作为一个资深的"红迷"，怎能错过这样一本奇书？于是在三十多岁时，我还是买了一部台版全本的《新刻绣像批评金瓶梅》（跟《金瓶梅词话》属于两个不同的版本）。这次阅读却是另一番天地，不仅读得津津有味，而且像林黛玉读《西厢记》一样，感到余香满口，甚至一度有"竟比《红楼梦》还好"的想法。如此心路历程，孙述宇、田晓菲和格非也都有过，难道一个"红迷"的最终归宿真的是"金迷"？

不过，争执《红楼梦》和《金瓶梅》哪个

更好，没什么意思，本来就是各有其妙，不可替代。《红楼梦》确实频频向《金瓶梅》致敬，多处"深得《金瓶》壶奥"（脂批），但曹雪芹终究是一个文学天才，不仅青出于蓝而胜于蓝，而且另起一座文学的高峰。我爱《红楼梦》，也深爱《金瓶梅》。《红楼梦》写的是一个走下坡路的家族，"悲凉之雾，遍被华林"（鲁迅言），但书中的人性总体而言是明亮温暖的，尤其是在大观园里。然而《金瓶梅》的世界表面上活色生香，充满人间烟火气，内核却极为冷峭。在书里，几乎没有一个人对他人怀有善意，个个都是"理性经济人"，小算盘打得十分精刮。李瓶儿死心塌地爱上西门庆，却不得好死，对爱情有点儿期待的潘金莲，也一步步成了一个"恶女人"。

　　《金瓶梅》的世界是荒寒的，并不适合居住，但只看到这一层还不够。如果把这个世界里的恶归结为意外，是商品经济的产物，是欲望的过度激发，也还是归因单一化了。这些恶，其实是内在于人性的部分，它若隐若现，一旦有合适的机会就会探出头来兴风作浪。恶其实很强大，善才是易碎的，过度相信善而不承认恶，其实是不够诚实。我有一个偏见：一旦有人只看见西门庆和潘金莲们的恶，认为《金瓶梅》是一部黑暗之书，我就不太愿意继续听了。

能从《金瓶梅》里看到自己内在的幽暗，看到自己的日常和平庸，是需要勇气的。我不讨厌西门庆，还有点儿喜欢潘金莲，甚至挺喜欢应伯爵的。很多人都说应伯爵是"丑恶的帮闲"，但我觉得他是可以做朋友的。至于应伯爵对西门庆的"背叛"，现实生活中这样的"背叛"还少吗？再说了，本来就不该要求朋友义薄云天、肝胆相照，终其一生我们可能都未必有这个福气，对此，现代人感触当更深。对人性没有过高的期待，承认人性的幽微与不确定，就能发现《金瓶梅》里的这些"恶人"，其实就是平常人。

特别期待跟你俩谈"红"论"金"。至于《儒林外史》《西游记》和《三国演义》，我正在重读，感觉像自己以前没读过一样。卡尔维诺说得对，经典作品就是你每次重读，都像在读新书，能带来发现。

先说《儒林外史》。鲁迅先生曾给《儒林外史》定了一个"讽刺小说"的调子，但爱讽刺的作家往往是上帝视角，带着冰冷的优越感，俯视他笔下的人物。吴敬梓倒不这样，虽然他的人生很曲折，年轻时肥马轻裘，因为乐善好施（不懂得拒绝），以致千金散尽，从世家子弟到普通人，见多了人心叵测、世态炎凉，但他不冷酷、不愤世。

书中有一个乡间老儒王玉辉，他的女婿死了，女儿要绝食殉情，母亲和公婆都苦劝她，活着总归是好的，王玉辉却表示支持，并认为这是"好死"。中学教科书给王玉辉贴上了"腐朽的封建卫道士"的标签，其实王玉辉更像我们身边的某类人：心眼偏、认死理，蒙着头一条路走到黑，缺乏反思的能力，很容易被神圣道德困住，看不清自己死命坚持的"理"是荒谬的。这样的悲剧，其实是普遍的人生困境。

所以，咱们读名著的过程，也是一路在撕标签的过程。什么讽刺小说、主题意义、时代背景……这些学究式的标签，咱们通通不要。就是读人、读人情、读社会。

至于《西游记》，我中学读过后就再也没拿起来。杨早曾说《西游记》有很多种读法，比如把取经当成唐僧带三娃的故事：老大孙悟空有本事不听话，老二八戒满怀小心思，老三沙僧直心眼儿……一下子刷新了《西游记》的打开模式。比如唐僧可以是项目经理，带着手下完成西天取经的项目。《西游记》也能读成一本成长小说，孙悟空一路打怪升级，也是一路在告别过去，当他一棍子打死六耳猕猴，就再也回不去了，最终成了斗战胜佛。他锤死别人，也被别人锤。所谓成长，也是一个不断被规训的过程。《西游记》有时候很会一本正经地胡说八道，很有传统中国稀缺的游戏精神。

《三国演义》我是不太喜欢的。《鹿鼎记》里的韦小宝，就是靠听戏台上的诸种历史演义故事，洞悉了历史背后的流氓把戏，干了不少脏活儿。这些演义的历史观杂糅了市井和文人的双重趣味和想象。市井气是因为要在勾栏瓦肆里吸引听众，固有不少恶趣味，周瑜竟因嫉恨诸葛亮而被气死？诸葛亮骂死王朗，跟泼妇骂街有啥不一样吗？市井趣味渗透历史，往好了说，是解构正史，但也像皇城根下晒太阳扪虱的老者，谈起政治就像听墙根，言必称宫里如何如何，说来说去都是阴谋论那一套。至于文人趣味和想象，就是把听墙根升华成家国情怀，把政治游戏修饰成忠孝节义。写战争像过家家，一个大聪明制定了高明的计谋，所有人都傻乎乎地配合，最后大获全胜……既不贴近历史，也不好玩，所以我一向不爱看这类书。

不过杨早说，《三国演义》是一部颠覆之书——一开始众人都坚持的东西，最终个个被击破、被颠覆。这是一个新鲜的入口，期待一起重读。

《水浒传》更是一言难尽。近些年，这本书传达出来的价值观常被诟病，因为书里的暴力和血腥场面，属实太多。李逵举着两把板斧，一路杀到江边，杀到兴起，杀人能让他有快感。武松滥杀无辜，杀了张都监一家十五口，其中有九个是女性。这些所谓英雄好汉更像嗜血狂魔，金圣叹还说它是才子书，弹幕夸李逵"天真烂漫"，是上上人物。说金圣叹是典型的文人心态——手无缚鸡之力，却向往强人，对暴力有隔岸观花式的把玩，也不算冤枉他吧？为什么这样一本书成了经典名著？《水浒传》被经典化的背后，显然有更深厚的文化心态和社会心理。

因为热爱《金瓶梅》，我又重读了一遍《水浒传》，倒能咂摸出一点儿新感想。你们肯定看过昆汀·塔伦蒂诺和马丁·斯科塞斯的电影，他们的电影里，充满了血浆和无厘头，暴力成了人性的底色，把暴力美学玩到了极致。暴力是可怕的，但也可以从暴力中窥见生存的偶然、荒诞和无常。按照弗洛伊德的理论，人有着跟生本能对立的死本能，破坏的欲望就属于死本能的一种。因此，暴力不应该只是批评的对象，也可以是研究的对象。

相信在"名著三缺一"里，这本书也会被扯

开很多口子，连通更广大的世界。

读名著需要怎样的新视野？既然咱们的"名著三缺一"从《红楼梦》开始，我就先说说《红楼梦》吧。

关于《红楼梦》，可说是众声喧哗。从专家到草根，从庙堂到民间，从高大上的"红学"到各种自媒体，每个人都可以对它说三道四。有把《红楼梦》读成反清复明、宫廷阴谋的，恨不得拿着放大镜从每个字缝里找家仇国恨。索隐派是"红学"流派里的顶流，持久不衰，至今依然霸屏。喜爱索隐的人认为历史比虚构更有价值，一方面是因为中国人普遍没有"务虚"的习惯；另一方面，历史已经成了信仰，承担着末世审判的功能，比如"留取丹心照汗青"。中国小说的源流有说来自唐传奇、宋元话本，也有说中国小说一直被当成稗官野史、雕虫小技，为了登堂入室就努力向历史靠拢，总强调讲的不是故事，而是史实。当年张竹坡评点《金瓶梅》时就说："会做文字的人读《金瓶》，纯是读《史记》。"金圣叹也把《水浒传》跟《史记》相提并论，仿佛沾了历史的光，就可以让"虚构"有了身份。

自从接触了短视频自媒体，真的是大开眼界，五迷三道。有人言之凿凿地说《红楼梦》就是鬼故事，大观园是一片坟地——元春省亲为啥半夜回家？因为她早就死了，是鬼。薛宝钗的蘅芜苑为啥如雪洞一般？因为她也是鬼。刘姥姥讲雪下抽柴的女鬼，就是暗示雪抱柴（薛宝钗）。这个，就当一乐吧。

围绕《红楼梦》，历来有"拥黛派"和"拥钗派"之争，一直到现在，这两派都争斗不止，谁也打不过谁。一次我和秋水说到，"拥钗派"认为宝钗早就觉悟了，看空了一切，故而无欲无求、无可无不可，这是把宝钗当成得道高人了。不过，转而一想，"拥钗派"眼里的"拥黛派"是不是也有同样的问题呢？

纵观名著江湖，确实只有读《红楼梦》才有这种奇特现象，为什么？一是因为曹雪芹写得烟云模糊，玩了叙事圈套；二是读《红楼梦》很容易产生代入，如鲁迅先生所说"自己钻入书中，硬去充一个其中的脚色"。认为晴雯就是因为性格太差而导致悲惨结局的人，跟王善保家的和王夫人到底有多大区别？不能抽离情感看文本，这本身就是风险。

近期有篇《好姑娘薛宝钗》在朋友圈刷屏了，作者是押沙龙，我很喜欢读他的文章，但他这篇文章我是不太同意的。他先是树了一个稻草人，把"拥林（黛）派"简化为一个从道德和人品方面痛骂薛宝钗的群体："薛宝钗是绿茶，是伪君子。她表面上看着温柔无害，其实名利心极重，一开头是想当妃子，后来没成功，就一心想嫁给贾宝玉，'爬上宝二奶奶的宝座'。简单地说，这就是一个会来月经的岳不群。"这就有点儿强词夺理了。

他又认为薛姨妈和薛宝钗根本无心跟贾家联姻，因为人家宝姑娘听到"金玉姻缘"的说法，见元春赏赐之物独她和宝玉一样，内心"没意思"（第二十八回）。第五十七回"慧紫鹃情辞试忙玉"，薛姨妈当着黛玉的面对宝钗说："不如竟把你林妹妹定与他（宝玉），岂不四角俱全？"他认为这话"并非作伪，薛姨妈也没有作伪的本事，她真的就是这么认为的"。这可太实诚了，轻易被作者骗了。当薛姨妈说出这一番话，紫鹃赶紧说，既然姨太太有这个想法，不如去跟太太说说去？薛姨妈是怎么应对的？只见她话锋一转，说紫鹃你是不是想找小女婿了呀？这摆明了就是打马虎眼蒙混过关，她绝对不会跟老太太和太太提。薛姨妈的心思、贾母和王夫人的心思，都不可能在太阳底下明晃晃的，一定得在暗室里遮遮掩掩，这是日常生活中的人情政治。

美国人类学家爱德华·霍尔在《超越文化》一书中提出了两个概念，"低语境文化"和"高语境文化"，以此来解释东方的说话艺术和人际关系的微妙。"低语境文化"的特点是偏重字面语言的逻辑性，说啥就是啥，没有"春秋大义"，不会"深文周纳"，不考虑说话者的地位、身份和动机。中国是典型的"高语境文化"，有的话不用明说，也不能明说；说出来的话，也并非字面意思，常有弦外之音。在高语境文化里，交流不只靠语言，还有上下文以及群体的文化默契。"一半采用语言，一半不采用语言来表达"，《红楼梦》显然深谙其趣。曹雪芹是个"狡猾"的作者，用文字构建了一部表层的《红楼梦》，把另一部《红楼梦》留给读者，我们只看到了冰山的一角，至于水面下的一大部分，要靠我们自己用经验、智识和想象力去填补。

读《红楼梦》，其实每个人读的都是自己，都是在捍卫自己的选择和价值观。比如说到金钏跳井自杀，宝钗来安慰王夫人，这篇文章是这样为宝钗辩护的："但如果设身处地站在薛宝钗的角度，她要安慰王夫人，又能怎么说呢？'哎呀，你这个人太毒了！怎么能赶走丫鬟呢？她的死都赖你！'可能这么说吗？"

可是，除了指责王夫人，就是撒谎说金钏不是自杀，难道就没有其他选项？其实还可以沉默，对吧？陷在拥护谁、讨厌谁，谁好、谁不好的立场对抗里，容易把小说读成道德法庭。我也要警惕这样的任性和独断。

哎呀，我说的太多了，打住。期待我们仨的现场对谈，也期待你俩的回信。

安。

晓蕾

2022 年 11 月 18 日

庄秋水

被名著『毒害』的人生

——第二封信

晓蕾、杨早：

想到在一片凄凉中，我们居然做了这么一件大事，天知道我心中的激动持续了多久。在兵荒马乱之下，身居斗室，但求杯水。而这杯水，仿佛就是BBC[1]国宝剧《神秘博士》(Doctor Who)里的那个蓝色电话亭TARDIS，可以穿越时空、超越虚实，我们仨和过去最杰出的作家们会面，与那些虚构角色、历史上真的存在过的人交谈，这是何等畅快之事！

晓蕾小学五年级就读《红楼梦》，杨早也很早就读过了，真羡慕你们。我在乡下长大，家里没有什么书。很多次和人聊起来，我都万分惆怅——大家在读《花仙子》《格林童话》或者段位更高的《红楼梦》的时候，我只有《杨家将》《薛刚反唐》这一类的评书可读，真真读了一肚子忠孝节义。我为人板正无趣，肯定和幼时的这种"毒害"脱不了干系。

---

[1] 英国广播公司，British Broadcasting Corporation 的缩写。

我是在初中才有机会读到《红楼梦》，此前已经看过1987年的电视剧版。你们也还记得当年电视剧播出时的盛况吧，我可是印象十分深刻呢。那时候，村里只有少数人家有电视机，全村人围在一起看《红楼梦》真是非常有趣的情景——最底层的缺乏想象力的群体，看几百年前贵族们的风雅生活，其中的隔膜不言而喻。乡下人边看边大声讨论，有些人觉得没意思，不如之前风靡一时的《射雕英雄传》《大侠霍元甲》这一类的武侠剧过瘾，而剩下的一部分人里，肯定少不了我。我还记得我的语文老师也挤在人群里，他问我，（剧里）这么多人，你记得住吗，看得懂吗？我说看得懂。估计他对我的笃定十分怀疑，但没有表露出来。

所以后来读原著的时候，就受了电视剧的影响，喜欢的演员所扮演的角色自然是钟爱的对象，黛玉、宝玉、探春，都是我十分喜爱的角色，读书的时候，就分外关注他们的故事线。但我想说的是，正是那种风雅，那种和乡下生活完全不同的阶层区隔，给了我最深的影响。我那时候一心想变得与众不同，想要脱离压抑苦闷的闭塞环境，而《红楼梦》恰好提供了一种想象。我写古体诗，为那只死因不明的黄色小狸猫写过一首悼诗；我乱涂乱画，在小本子上画仕女画；父兄们下象棋的时候，也装模作样地旁观……你们看出来了吧，我在试图成为一个大观园里的人物。

这种努力的后果之一，就是我对周边生活不肯一顾，如今回忆起来，几乎是一片空白。这也让我在少年时代十分孤独——当想象的生活远超现实影响力的时候，现实就成了背景。那是一首乡下人的悲歌——在前媒体时代，学习装置太过于匮乏，手头能看到的名著成为唯一的资源。直到现在，宝黛之间的知己之爱，仍是我心目中爱情最好的模样。上次杨早说年轻女孩不该看《简·爱》，应该看《傲慢与偏见》，我深有同感。如果在年少时读的是《傲慢与偏见》，我肯定会知道彭伯里庄园的重要性，至少会明白经济基础对保持尊严与爱的必要性。

这种高度精神性的需求也让我的思想有些狭隘，迄今还记得初次读《金瓶梅》时的反感。我和晓蕾差不多，也是二十多岁的时候有机会看到这本著名的禁书。然而我对这本"满纸老婆舌头"，全是家长里短的书，真的是爱不起来。倒也不是对直接粗俗的性事描写接受不能，说句悄悄话，大学时泡在图书馆里，我可是读了不少明清艳情小说（谁让这是我们图书馆的珍藏呢），练就了面对满纸云霞、活色生香脸不红心不跳的本领。说到底,还是一个对世界、对未来尚抱着无限期待的年轻人,对人性黑暗的丛林心生畏惧,不愿也不敢进入。和晓蕾一样,我也是在三十岁之后才开始真正的读"金"生涯。那时,自己也经历了一些事,有过彻骨之痛,在深夜里痛哭过,对人性之恶有了一些承受力,再读这本书,就对书中所描绘的人事有了一点儿同情之理解,也深觉我们所生活的世界,根本上还是一个清河县。

晓蕾在信中说她不讨厌西门庆,还有点儿喜欢潘金莲,挺喜欢应伯爵。我一度非常讨厌西门庆,讨厌他对女人无止境的欲望,完全是一个被本能驱使的人物。后来我意识到,在他的生物本能的后面,其实也还是一种社会意识,就像他自己说的,"强奸了姮娥,和奸了织女,拐了许飞琼,盗了西王母的女儿",他追逐的不过是权力感。这不过是无数人的心声,长期处于无权势状态下的人,就会对权势抱着仰慕的心态,哪怕是被权势沾过的女人,也像是开过光的。潘金莲我也很喜欢,这个女人身上的那种生命力,或者说折腾劲儿,太吸引人了,一点儿也不贞静贤淑。虽然迫于主流意识,作者用因果报应给了她一个悲惨的结局,但作者对她也有很深的同情,说她是"买金偏撞不着卖金的"。这些细微的地方，让书里其他陈词滥调的部分变得不那么讨厌。

说起来，《金瓶梅》对男女真是一视同仁，贪婪、愚蠢、刻薄这些品质，作者慷慨地赋予书里的大部分男女。这是普通人的恶，所以这本书读起来真的不那么美好。我自己觉得，这本书要读进去，也要读出来。怎么说呢？就是敢于去接触黑暗，但千万不要被黑暗吞没。我觉得不少捧"金"贬"红"的人，就是被那种黑暗迷住了。黑暗的魅力一点儿也不比美好少，它带来的极致的愉悦与兴奋，甚至远超美好。这点以后我们再慢慢聊。

这就是名著的魅力吧，在不同的年龄段，因阅历之多少，总是可以开发不同的角度，看到不一样的东西。晓蕾说她没有在《儒林外史》中读出意在"讽刺"的高冷感。这本书我初中也读过，那个年纪很容易被定位影响，果然觉得书中的人物都颇可笑。但我想说的是，《儒林外史》在我的生命中也占据了一个十分奇特的位置，它是我的女性主义启蒙书。我那时候完全被沈琼枝迷住了，这个敢想敢干的姑娘，看上去简直就是个现代独立女性。书里也没说她怎么成长的故事，上来就是出嫁。她被父亲许配给盐商宋为富，结果到人家门口才发觉不太对，原来对方只打算娶个小妾。这时候她的性格显露出来了，父亲让她自己拿主意，她也不像普通女孩子，面对这种事或者蒙了，或者只是痛哭，让家长做主。她自己打扮好，坐轿子到宋府要求当面对质，等确定是要让她当妾之后，不慌不忙，还有心思欣赏宋家的房屋园林，然后穿了七条裙子，把屋里的金银珠宝打包，买通丫鬟，半夜从后门溜走。

20世纪时，"娜拉走后怎么办"是一个著名的命题。易卜生的戏剧《玩偶之家》里的女主娜拉，受不了丈夫的控制、自己在家中的玩偶地位，离家出走。但对于她走后的命运如何，鲁迅认为不是堕落，就是回来。沈琼枝不愿意当富贵奢华的盐商之妾，也没回父母的家，而是决定去南京，利用自己所学（诗文和刺绣）谋生。《儒林外史》是一部男人之书，男人们科考、交际，谋取功名利禄，居然有沈琼枝这么一位女性卓然而立，闪耀夺目。

杨早上次说我这是很"中二"的想法，因为沈琼枝的行为背后有某种社会意识支持，比如盐商不能纳良家女为妾。话说回来，这确实也是少年时代的快意，用今天的话说是爽文[1]。回头再看，沈琼枝的行为有许多不可控的风险，她的命运大概率不是被救助，而是被卖到更黑暗的地方当生育机器。在成熟的年龄，我们学会欣赏更多的细节、更多的层次，经典名著与读者个体之间的关系也弥足珍贵。我很感激在少年时代和沈琼枝的相遇，她敢于反抗，试图主宰自己命运的努力，像星火一样洒落，在我的生命中慢慢沉积，最终构成了我的精神底色。

晓蕾说我们读名著的过程要一路撕标签，我非常赞同。我们被标准化的"正确答案"控制了多年，是时候抛开"正确"，仅仅因为喜爱去读，仅仅因为有趣去读。在这个意义上，名著不过是内容足够丰富的书，可以容忍我们天马行空、南辕北辙地胡乱猜想，最终把一部部书变成"我的书"。

哪怕这标签是自己所贴，也一样需要撕掉。我从前很不喜欢《水浒传》，对所谓梁山英雄的暴力行为敬而远之。杨雄、石秀翠屏山杀潘巧云，武松血溅鸳鸯楼这些著名场景，都是让人不寒而

---

1 "爽文"是网络文学中的一个流行术语，指的是那些以给读者带来强烈快感和满足感为主要目的的作品。

栗的杀戮，少年时读到，便全无英雄们复仇的快意，只有对暴力天生的反感。直到我对历史有了很大的兴趣，从另外一个维度去看，方在其中找到某种共鸣。历史学家王学泰写过一本书，《游民文化与中国社会》。他把历来被正统忽视的游民社会视作另一个中国，一个"隐性社会"。《三国演义》《水浒传》的世界，就是一个游民社会，或者说是游民们模仿的对象，从社会理想、人际关系到组织形式。义气的价值，在这个世界里被推崇到最高位置。张飞丢了小沛，刘备的妻小也失散了，张飞要自刎，刘备抱住他说："兄弟如手足，妻子如衣服。衣服破，尚可缝；手足断，安可续？"这些话当代人听了，可能就两手一摊无语了。关羽被害后，刘备伤心痛哭，誓要为兄弟报仇。赵云劝告说，汉贼之仇，公也；兄弟之仇，私也。应该先公后私。诸葛亮也劝他先打魏国，但刘备不听，说自己不报兄弟之仇，就负了当初桃园三结义的盟约。不管刘备私心里作何想，书中把义气置于社稷之上，这是前所未有之事，但却是游民社会最推崇的价值观。最极端的是明代刊印的《新编全相说唱足本花关索出身传》里的一个细节，在《三国演义》和《三国志》里都没有。刘备、关羽和张飞三人一见倾心，就在姜子牙庙塑像前对天盟誓，要干一票大的。但刘备就很忧心，因为两位兄弟都有家累，关羽就说可以杀掉全家人。那张飞想得周全，杀自家人毕竟难以下手，不如两人互杀，我杀你家人，你杀我家人。关羽说到做到，杀了张飞全家；张飞却流露出不忍之心，在关羽老家杀了其他人，放走了关羽怀孕的妻子。当代人尽可以把最恶劣的词语加诸这件事上，但无疑这就是游民们津津乐道的义气高于一切。对暴力的滥用和对社会规则的蔑视，让《水浒传》在很长时间里都成了禁书。事实上，明清很多反叛事件，叛乱者都很喜欢模仿梁山好汉的样子，借用他们的名号，给自己排座次。

我觉得很有意思的是，《三国演义》《水浒传》培育的游民意识和义气至上的价值观，到了《金瓶梅》就破产了。所以《金瓶梅》真是黑暗之书，第一回就是西门庆热结十兄弟，但此兄弟非彼兄弟，这里的兄弟是用来出卖的，全然没有义气深重那回事。

游民社会是帝制中国的一个刚性补充，对于被主流意识压制的人们来说，那种快意和神秘始终有很大的诱惑，它的价值意识，也通过小说戏曲在民间流传不息。等读《三国演义》《水浒传》

的时候,咱们再细说。我很期待在咱们"名著三缺一"的共读中,在你们和其他同好的激荡下,读出一番新意来。

我也很期待再读《西游记》。说实在的,电视剧压倒性的影响,已经让我对这部书本身印象淡薄。杨早提到视角问题,电视剧里孙悟空是绝对的主角,他的故事遮蔽了许多可能性。作为一个温和的女性主义者,我直觉这次很可能会从中发掘一些女性角色的有趣之处,也很期待其他新发现。我们做这个事,私心也是借由他人的冲击,来扩充自己的边界。尤其我们仨已入中年,很容易自我设限,在自己的舒适区里固化。

回想起来,我的经历相对单纯,精神底色的来源很大部分依赖于阅读。我常和人提起《儒林外史》中的一个桥段,两个挑粪工,相约卖完货后去永宁泉吃一壶水,然后到雨花台看落照。旁听这段对话的名士杜慎卿,因此慨叹金陵的六朝烟水气。这段真可以说是南京这座城市的广告,绵长的文脉和市井风流,不因战乱和朝代更迭有所增减。谁能想到,这样一个虚构场景,竟然从我少年时起,就像传染病一样,感染了半生,不论身处何境,始终不忘追寻生命中的那壶水和那抹落照。

最近我正在读一本老书，波兰作家卡普钦斯基的《与希罗多德一起旅行》。20世纪50年代，当他被派去自己一无所知的印度工作时，总编送给他一本黄色缎面精装书，古希腊历史学家希罗多德的《历史》，卡普钦斯基的旅程因此变得妙趣横生。这本书伴随他走遍天涯海角，他与希罗多德相互交错的旅行，把历史和日常生活交织成一座深邃的迷宫。我觉得"名著三缺一"也要打造一座迷宫，在这里，打破界限，撕掉标签，怎么尽兴怎么来，把历史与现实、生活与思考、自我与他人揉成一团。

让我们从这里出发吧。

秋水

2022 年 11 月 23 日

杨早

以新眼观旧书，旧书皆新

——第三封信

晓蕾、秋水：

今天在路上问你俩的状态，秋水很开心，说信快写完了，陪小鱼儿在外边玩。晓蕾虽还不能出门，但在家读我们推荐的《始于极限》，已经读完三分之一，"果然好看"。

看到你们的回复，我似乎也没那么焦虑了。为什么专家建议在特殊时期要有"充分的睡眠、适当的锻炼与足够的社交"？这三者就是要从内到外，尽可能和解我们与世界的紧张关系。

仅就阅读而言，我在这三年中有意识地追求抽离与共情。抽离是相对日常生活与实用性而言，记得 2020 年初，大家都纷纷翻出《鼠疫》《十日谈》，各类疫病史的书籍也很受欢迎，但慢慢地，阅读风向就变了，人不能总是活在焦虑之中，总得有一点儿别的精神生活，这就是抽离。而共情，以我发起领读的"共读抗战时期叙事"为例，读读《封锁》《倾城之恋》《寒夜》《第四病室》《四世同堂》《鸡毛》《未央歌》，时代阴影下的心态与哀乐，有戚戚焉。

我其实不喜欢很多作家到了中老年就转向阅读《红楼梦》等作品,将其奉为至宝,睥睨万物——明明也不是那棵树上的虫,阅读面挺窄的。任何时候阅读都应该有开放的心态,《红楼梦》也读,爽文也看,重点是得读出自家的面目。

我很害怕机械的重复,无论阅读还是生活。一名写作者,"独特"是最重要的使命,甚至应该是唯一的追求。我很不理解抄袭这种行为——不仅仅是缘于道德的自律与他律,抄袭意味着最彻底的自我否定。或许这种自我否定比起可能获得的名利来说不算什么,但我不太能想象一个抄袭者会如何面对自己的内心。

"名著三缺一"这个共读项目,在我的想象里有几个关键词。看看你们是不是同意?

首先便是"独特"。咱们得是两手空空地面对那些曾经滋养过我们这个民族灵魂的文本,说出自己哪怕浅陋的一己之见。如果不能在前人的研究或感悟基础上哪怕迈前一小步,那就不如不说。

其次是"开放"。名著确实像一个个宇宙,虽然已经有那么多的珠玉在前,仍然有可以讨论的空间。这些空间很可能是时代赐给我们的,每一代人的独特体验带来独特的见解,这也是为什么四五十岁重读名著,与年轻时候的热血涌动、攻其一点大相径庭。我宾服晚清名士孙宝瑄说的"以新眼读旧书,旧书皆新书也;以旧眼读新书,新书亦旧书也",多思考几个角度,多引入一些资源,谁说咱们不能为名著解读打开一片新的天空?

最后一个关键词是"自我"。孔子有云:"古之学者为己,今之学者为人。"现在的写作者太在意拟想读者了。晓蕾录过音频课、视频课,你当然明白那种尽量的浅易与通俗,是多么伤害作者(讲者)的个性与趣味。"名著三缺一"既然不是平台订制,不需要满足商业需求,我想咱们可以放飞一些,自由一些。事实上,让人不愉快的事情也很难坚持。

我由此还对自己有一个警惕的点:咱们这种写信的方式、对谈的方式,设计初衷是想回归私人书写,回归面对面讨论,对抗这个时代无所不在的公共化与数字化,所以就不要变成微博、朋友圈那样的"表演"。生活里有太多的戏,几个朋友自己玩,就真实一点吧。

你俩都提到,咱们这个"大活儿"的发起非常偶然。其实,我干过不少这种偶然又持久的事。比如:

2005年12月17日,去同事萨支山的新居温锅。晚上几个人一聊,就发起了《话题》项目,做了十年,直至2015年才终结;

2011年11月,绿茶在读易洞书店向邱小石与我提议搞一个"面向邻居"的读书会。因为怕人少,绿茶第一期还拉来了秋水夫妇……现在已经十一年了,"阅读邻居"读书会还在继续。

至于搞一阵就停、挖了坑不填的事,那可太多了,族繁不及备载。但那又有什么关系呢?我常常引用鲁迅对大象的形容:第一,流一点儿血不怕;第二,我们慢慢地往前走去。

也许最终一事无成,那又有什么关系呢?汪曾祺老爱说契诃夫那句话:菌子已经消失了,但菌子的气味却留在空气中。(他用这句话来形容过沈从文的影响。)现在有一个词叫"氛围帅哥",我觉得咱们也可以被称作"氛围成功者"。

之前在活动现场,我讲了讲我的名著阅读史,但我又不想在信里重复这些故事。想法与叙事都是瞬间性的,一旦说出来,再去重述,似乎就失去了足够的意义。

"瞬间"是如此的重要,我突然想到了印象画派,他们将时间画到了画布上。同样,我也喜欢瞬间的碰撞、瞬间的记录。好像这两年拍合影，总会有人提醒：摘下口罩。其实我想，有人摘，有人不摘，反而是现实的真实记录——有像我这样绝不想多戴一分钟口罩的，也有戴上口罩已经习以为常两忘烟水里的，还有不论在什么场合都觉得戴着口罩是一种礼貌乃至必要的……人各有志，人各有相，任何真实自然的表现都是有意义的。

所以我想我的重读，可能也不应该是那种重复自己的研读，而是跟着轮读走，大家诵读一回，我就跟着读一回，看看能不能像狂人那样，读了半夜，从字里行间看出点儿什么来。读出声音来，是比较慢的。现代社会信息大爆炸的前提，先是默读，再是图像，都是求效率。现在不妨反其道而行之，刻意地放慢，像用毛笔写字，一笔一画，写到那个字像你从未学过、写过一般，是别样的滋味。

就连写信，也不打算谋篇布局、苦心经营，想到哪儿说到哪儿吧，尽量减负。其实面说的那些事，之所以能够坚持下来，也是尽可能地减负与分担，保持"随时可以退出"的心态，反而可以坚持得更久。

至少能收获多少文字、几场聚会、些许热闹，对吧？

前一晚在目睹"世界杯"小组赛日本队创造了2:1击败德国队的奇迹之后,我收拾收拾睡了。

果然睡得多对心情有帮助。现在我来讲一个阅读故事吧。

当我回想从前读过的某部作品时,总是会想起阅读它的场景,是在富顺?青神?成都?佛山?广州?还是北京?是在床上躺着,走在路上,还是在厕所里?

读这篇小说时是在富顺,所以应该是小学高年级,发表刊物不记得了,可能是《小说月报》或《小说选刊》,篇名也忘了,作者却还记得,叫祖慰,那时他的一系列"怪味小说"颇为流行,这也是其中一篇。

主角是个男孩,他突然获得了——也是那个时候很流行的——"特异功能",他能看见每个人头上有一个大电视,上面放映的是这个人心中所想。他看见小孩向往糖果、少女梦想爱情、老人祈盼长寿,他还看见了一个钱包,仔细一看,钱包在别人兜里……抓小偷!抓小偷!

男孩收获了社会的惊叹与赞誉,被选为本市"优秀红领巾",接受领导颁奖。当领导笑容满面,和蔼地给他授奖时,他在领导的头上看到:晚上回去给老太婆煮面，放味精、放味精——老太婆有一种病，吃了味精会心跳过速导致猝死……画面背景里也有一张花枝招展的脸在隐现。

他喊了出来。他被捂住了口，医生说他精神压力过大，让他休学，养好了再说。

小说的结尾，男孩的发小代表所有朋友来祝贺他，他们听说了他的名声与荣誉，但还不知道后面一幕。发小把手背在后面，让男孩猜他们合送的礼物是什么。尽管发小使劲想，使劲想，但男孩什么都看不见了。

男孩欣喜若狂，他终于可以回到正常生活了。但发小很失望，他亮出了礼物，一具曹雪芹的塑像。发小说，曹雪芹就是因为懂得很多人的心思，才写出了伟大的《红楼梦》，我们想你一定会像曹雪芹一样伟大，但是……小说完。

这篇小说我一定不止读过一遍。那时读物少，家里所有的书与杂志，都是反复阅读的。这也是一种低效，但培养了我细读的习惯与敏感。张爱玲在《红楼梦魇》的前言里说，因为《红楼梦》读得太熟了，稍有不同，那些字就会跳将出来。小时候读过的那些故事，也总会不经意地跳将出来。每逢听见你们赞叹"曹公真是厉害啊"，我就会想起祖慰的这篇小说。懂得很多人的心思的背后，也有着莫大的痛苦与悲凉。无材可去补苍天，枉入红尘若许年，就像陆游的"早岁那知世事艰"，真是中年人的况味。因为懂得，所以慈悲——是因为懂得而无力，所以无奈只能慈悲。

再说说方法。重读名著，我最大的快乐，来自"小时候不觉得"的恍然，还有"最近看过的什么可以拉进来"的打通。2021年"少年读邻"组织过"二十七天共读《西游记》"，我作为领读者也写下了一系列笔记。其中比较典型的像：

> 又是"小时候不觉得"，小时候只知道唐太宗一代英主，看到崔判官给他的死期添了两笔，将贞观一十三年改成三十三年，觉得庆幸又好笑：地府判人生死，如此儿戏。当然这种判官徇私的戏码，《聊斋志异》《阅微草堂笔记》里也多得很，后来才知道。
>
> 可问题是，贞观这个年号的使用，不是一十三年，也不是三十三年，它是二十三年呀！史书上写得分明：贞观二十三年五月二十六日（649年7月10日），李世民驾崩于含风殿，享年五十二岁，在位二十三年，庙号太宗，谥号文皇帝。
>
> 我的同事陶庆梅与郭宝昌先生出了一

本书，叫《了不起的游戏：京剧究竟好在哪儿》。里面说，京剧的特色之一就是"写意"，比如所有朝代的服装都用明朝的样式，这是一种"超越性原则"。这里有些事不太好论定，比如向小说和戏剧要求历史真实，显然是不合适的，可是如果从孩子到成人，看过这些小说和戏剧之后，再也不去读史书懂历史了，那他对历史的想象就停留在小说和戏剧。这样的人，肯定比会深研历史的人多太多。那整个民族的集体记忆会成什么样子呢？古人言：宁不慎乎？

关于这一点，古人也经常有掉坑里的，比如王渔洋写过《落凤坡吊庞士元》，可是"落凤坡"只见于《三国演义》！关于《三国演义》的"七分实，三分虚"，也是争议不休，有人说要是"十分实"就好了，但也有人说还不如"七分虚"呢，现在这样，就像韦小宝撒谎九实一虚，太容易让人上当了。

我的另一位同事陈福民在新书《北纬四十度》里感慨："我们用了前半生的时间通过文学故事去积累历史知识，再用后半生的力量去一个个甄别推翻，这样的人生真的是太有意思了，当然，也太累了。"所以，

辨别文史要趁早啊。

这是我自己重新研读的结果,夹叙夹议的表达,东拉西扯,脑洞大开。我希望"名著三缺一"能成为这种重读的升级版,在碰撞与交流中,将脑洞开得更大。

即颂

文祺

杨早

2022 年 11 月 24 日

小人物也有自己的光环

第二辑

庄秋水

最好的材料是你深知的材料

第四封信

晓蕾、杨早：

不晓得你们最近心境如何？

我这一段时间总是被一种焦躁的情绪包裹。这一个多月发生了那么多事，每一件都足以在未来的历史书写中留下一笔。作为一个渺小的个体，三天两头就要承受一波情绪上的波动、冲击，说不定真的会留下心理创伤啊。此外，尽管我是个宅人，即使在正常时期也曾有一星期不下楼这样的"伟迹"，但如今被禁锢在一个最狭小的世界，时常有透不过气来的感觉。我甚至想，如果此后都将如此，年复一年，直至生命终结，那这种闭塞的生活又有何意义？据说这三年可能有几千万人罹患抑郁症，想来也是太正常的事了。

最奇特的是，我发觉记忆或者说时间被扭曲了。由于信息高密度地传播着，明明是一周前发生的事情，回想起来，竟仿佛已经过去了几个月。不晓得这是不是人的一种自我修复能力？如果记忆太沉重，心理上无力承受，那么干脆就淡化它、扭曲它，直至遗忘它，这就是普通人的应对之法。

我记得张爱玲说过,对于一个作家而言,最好的材料是你深知的材料。那是不是可以说,那些能够成为作家的人,是相当特殊的存在,他们死死抱着记忆不放,还要在生命中一遍遍地反刍。

因为咱们正在读《红楼梦》,我很好奇曹雪芹如何处理记忆。他一生留下了这部巨著,套用张爱玲的话,这本书里,处处皆是他深知的材料吧。我们如今了解曹家也不是在一夜之间衰亡的,在曹雪芹的少年时代,家族的鼎盛时期已过,坏事一桩桩一件件接踵而来。换句话说,曹家并不是一夜之间被铁拳暴击,而是反反复复,在繁华与衰败、希望与绝望之间,十余年才堕入完全幻灭之境。因此,曹雪芹所深知的材料,也就是多重的、充满纠结的吧。

这回重读《红楼梦》,我忽然意识到,曹雪芹是建立了一个多重宇宙。

前五回就如同一个背景介绍和阅读指南,既有对传统的承继,比如杂剧楔子和框套情节的化用,也有独创的见证人体系,可以说是既宏阔又细腻。上次我提了个设想,假如我们附身曹雪芹,会以何种方式开启这部作品?细一想,不论是以林黛玉进贾府、刘姥姥进贾府、贾雨村判案,还是宝玉梦游太虚幻境、绛珠还泪,都是上佳的开篇。以我的想法，说不定就是以黛玉进贾府来开始。我极爱她近焦式的呈现，她的眼睛就像是一台摄影机，凝视着荣国府，大到建筑格局，小到丫鬟衣着，而读者就像是在经历一场VR（虚拟现实）沉浸式体验，随着她的视线，置身于贾府这个真实场景。

顺便一提。林黛玉到了荣国府西边角门，"那轿夫抬进去，走了一射之地，将转弯时，便歇下退出去了。后面的婆子们已都下了轿，赶上前来。另换了三四个衣帽周全十七八岁的小厮上来，复抬起轿子。众婆子步下围随至一垂花门前落下。众小厮退出，众婆子上来打起轿帘，扶黛玉下轿"，然后一直到正房台阶，见到几个穿红着绿的丫头。我之前判断在贾府中，婆子们的信息最灵通，在此处得到了验证。明面上，贾府礼教森严，奴仆们也有一套严格的秩序，而婆子们恰好处于信息传递的连接点，可以穿堂入室，也能外出接洽。此点在今后的情节发展中极重要，许多风波都是婆子们在后面推动，部分主子、半主子们倒像是她们用来兴风作浪的工具人。

如果把视野再拉得开一点儿呢？假如张爱玲来写呢？沈从文来写又如何？我很喜欢《小团圆》的开头：

> 大考的早晨，那惨淡的心情大概只有军队作战前的黎明可以比拟，像《斯巴达克斯》里奴隶起义的叛军在晨雾中遥望罗马大军摆阵，所有的战争片中最恐怖的一幕，因为完全是等待。

这部自传体小说的开篇，是对正上学的女主人公面对大考时的心理的一种象征性的譬喻，是作者一贯的做派——把熟悉的事物陌生化，这种修辞总是令人印象深刻。事实上，那一天是1941年12月8日，考试也因日军轰炸香港而停了，但作者并没有写这一天的事。《小团圆》也是一部记忆之书，成长经验与记忆被重构、书写，作者自由出入不同时空，记忆与想象跳跃而无所固着，唯一凭借的是主人公的内在心理逻辑。是以我大胆猜想，若张爱玲来写，采用蒙太奇式的剪贴，最有可能出现在开头的会是什么呢？我开始想到或许是宝玉出家，但又觉她一向反对伤感，不喜感情丰富到令人作呕，那么戏剧性的场景（当然是被续书所影响）并不合适。作为"红迷"的她，究竟会如何书写关于生命离散的开章？

且留个念想，我们下次面聊。

曹雪芹是另一种穿插藏闪。大荒山无稽崖青

埂峰是一重空间，西方灵河赤瑕宫是一重空间，太虚幻境又是一重空间，自然书里的现实世界也是一重，大观园又是现实世界里的失乐园。有些人，比如一僧一道可以自由出入不同空间，而现实世界里的人借助梦境也可以往来其间。我觉得曹雪芹是把他的记忆、审美理想、家族故事等置于不同的空间，却让它们同时展开，这些空间再度折叠在一起。故事穿插故事，故事牵连故事，完成一种超现实手法的调度。

也许是经历过这场令人身心俱疲的灾难，又或许是到了一定年龄，如今再读《红楼梦》，也有了一种视线下移的本能。年轻的时候，关注点永远在几个主角身上，被他们的爱恨牵引，为他们的命运叹息。如今则能看到各个阶层里的人，他们在日常生活里，被欲望所迫胁，腾挪闪展，也不乏波澜壮阔之处。譬如在前四回里，读者们总是叹惋甄英莲的命运，而抱着她去看灯的仆人霍启，在五行字里已然就是一生。想来他是受器重的，要不然也不会被委以照顾小姐的重任，他丢了英莲也有值得谅解之处，因为要小解。寻了半夜，没找到，回去也是没命，只得逃亡。一个逃奴，此后不仅生计艰难，担心身份被揭发，或许还要受到良心的折磨。第四回里，那位为贾雨村出谋划策的门子，也在一回了结了一生。他本是葫芦庙里的小沙弥，按情理也是穷人家的孩子，无奈走了这条路，不想失火无处安身，于是蓄发投了公门。然后修行出了一身投机，但究竟还是个天真无脑之人，原本出了力要攀上贾雨村，没想到反受其害。不过在短短一回里，作者手起笔落，就了结了他一生。这样一个小人物，他的命运竟也跌宕起伏，他的性格也是复杂多面。譬如他明知租了他房子的拐子，所拐之人是英莲，小时候他还哄过、陪玩过的旧识，也不见他有任何解救的行动，但看到英莲忧愁，也会让妻子过去劝解。这样一个小胥吏，行为处处合乎他的身份逻辑，却又立体多面，煞是好看。

以前对贾瑞这个人物毫不同情，只有对他的结局的快意，对王熙凤手段的佩服，如今却有了一种很深的同情。这个人并没有坏到哪里去，敢思慕王熙凤，也算是眼光高妙，但他没有能力用强，如果没有王熙凤的故意引诱，未必会继续纠缠。作者用了两回来交代这场相思局，一个在祖父的严苛教育下的"中二"青年，就这么送了性命，没有全然无辜，但也说不上罪有应得。这个人物有一种很深的悲剧性。想来他在宁国府，很羡慕贾珍贾蓉父子骄奢淫逸、倚红偎翠的生活，但没有意识到自己和人家并不属于同一圈层，也不像贾蔷那样外表俊美又会来事，可以混入高层，他不过也就是蹭吃蹭喝的低阶水准。宁府的各种传说，养小叔子爬灰，也是耳濡目染，一旦遇到了王熙凤，压抑已久的色欲就爆发了。书里没有交代他们见过几次，想来作为助教的贾瑞，是因为学堂的事才有了见王熙凤的机会。一腔愚痴系于强悍的姐姐，可以说这个小人物是死于传言。

前面我提到曹雪芹的见证人体系，出现在第九、十一和十二回里的贾瑞，也可以算是色欲误人的见证人。我们上次提到甄士隐这个人物，算是贯穿整部书的一个人物。他是第一个露脸的人物，可以出入不同空间，在极度浓缩的第一回里，勘破红尘，大彻大悟。我觉得他就是这部书的根骨，或者说就是一个天大的剧透——开始便是终局。作为他对立面的是另一个见证人，贾雨村。贾雨村介入了许多人的命运，而他这个人又是被社会同化、彻底丧失自我的一个人物。这样的人并不稀见，在今天也是所在皆是。

另外一个重要的见证人是刘姥姥，她出现在现实故事真正开始的第六回。她的视角，就是我们普通读者的视角。没见过多少好东西的乡下人，有机会进入世家大族，凝视逼人的富贵。不晓得你们如何，我每次读到刘姥姥打秋风，都会心酸。开口求人，不是一件易事，刘姥姥各种红脸、忍耻，都是普通人的宿命。

> 刘姥姥只听见咯当咯当的响声，大有似乎打箩柜筛面的一般，不免东瞧西望的。忽见堂屋中柱子上挂着一个匣子，底下又坠着一个秤砣般一物，却不住的乱幌，刘姥姥心中想着："这是什么爱物儿？有甚用呢？"正呆时，只听得当的一声，又若金钟铜磬一般，不防倒唬的一展眼。接着又是一连八九下。

每次读到这段，都会想起自己十八岁出门远行，第一次到首都，什么也没见识过，面对城市惶然无助的感受，那可比刘姥姥差远了。刘姥姥三次进贾府，简直有挑起阶层对立的用意，贾府一顿饭的耗费，够庄稼人过一年。杨早上次说到有穿越文，主角穿书到了贾府里贾环这个庶子身上，担当起复兴家族的大任。我倒是很愿意穿越回去当刘姥姥，见证贾府的荣枯、贵人小姐们的命运跌宕。

最近重读了《小团圆》，看到主人公盛九莉回忆起小时候的事，"有时候她想，会不会这都是个梦，会忽然醒过来，发现自己是另一个人，也许是公园里池边放小帆船的外国小孩。当然这日子已经过了很久了，但是有时候梦中的时间也好像很长"。在回忆童年与身边女仆玩耍的无聊刻画时，突然跳入了几十年后的沧桑，梦中有梦。这种时空交叠，非要经历过，才会有切身之感。我很好奇，作为本书的绝对主角，黛玉是否也会有这种幻梦的感觉？第五回宝玉到了太虚幻境，一众仙子说本是迎接绛珠仙子的生魂前来游玩，可见黛玉也是可以穿梭在不同空间的人物。何以在第五回之后，竟没有流露出多少信息？你们俩怎么看？

张爱玲对《红楼梦》的评价很高，譬如她在20世纪60年代末的一次演讲中曾说：

> 中国长篇小说的发展之路与西方小说大相径庭，它在西方人眼中可能显得太外在化，也铺展得太薄。《红楼梦》集中国长篇小说之大成，作者终生屡易其稿，缓慢地锤炼这部惊人地现代化而且错综复杂的作品——当时理查森的《帕梅拉》(Pamela)在英国刚发表——他卒年不满五十，书未写完，被人续上与他毫不相干的最后三分之一，令作品

> 贬值。《红楼梦》远远走在时代之前,当时无人读透,经过此挫折,中国古典小说始终没有彻底复原。

我很赞同她提及的"现代性"之语。《红楼梦》的世界是一个古典的世界,传统的东西,从物质到精神层面的,在这个架空的世界里都有迹可循。从人的角度,不论是对出现在他笔下的主角、配角,还是几笔带过的人物,都赋予他们庄严、深刻的瞬间。所以,我很赞同杨早的提议,代入又不全部代入,拒绝滋生一种特定的思维模式:把世界用一堵墙分隔开,墙内的就是美好的,墙外的是需要邪恶远离的。说起来,我多少有这个倾向,接下来的阅读中,我决心要克服此点。作为"拥黛派",我要对宝钗保持好奇心,给她更多的关注和理解。

对了,在前二十回中,你们最喜欢哪一回?我很喜欢第十九回"情切切良宵花解语,意绵绵静日玉生香",从年少的时候一直喜欢到现在。从前是喜欢二玉之间的缠绵情态,现在也喜欢。不过更中意者,是一番折腾之后的无事闲暇。看戏、吃年茶、和姐妹说话,哪怕茗烟按着女孩子做警幻所训之事也是好的。日常生活再有不堪和污秽，也还是生活；再有局限和对立，也还是人与人的交往。何况还有那么多的良宵静日。

祝安好！

秋水

2022 年 12 月 5 日

杨早

如果我来开局《红楼梦》

——第五封信

晓蕾、秋水：

读了秋水"抱病"写的第二封信，忍不住放下手里的活儿，打开文档写这封回信。今天读杨苡先生的口述自传《一百年，许多人，许多事》，记录者在后记里说，杨苡先生对于今人不爱写信，非常不解。跟伊讲，现在人用微信呀。她说，微信只能谈事，写信不同，写信是在写感情啊——这话给了我一击，太有道理了。书信不是一种过时可弃的言说形式，它本身就是一种媒介，而"媒介即信息"，麦克卢汉诚不我欺。汪曾祺有篇短文，名为《写信即是练笔》。可不仅仅是练笔，像他老师沈从文的书信，加上增补，已经近于毕生文字的一半了！这还只是保存下来的。沈从文是真把写信当作创作的，1949年之后，他并未停笔！我们得重新认识沈从文。

秋水引张爱玲的话说，对于一个作家而言，最好的材料是你深知的材料，这马上让我想起了汪曾祺。汪曾祺在20世纪80年代初期，总是要为指责他的作品"回避现实中的矛盾"辩解，他说：

我对旧社会比较熟悉，对新社会不那么熟悉。我今年六十二岁，前三十年生活在旧社会，后三十年生活在新社会，按说熟悉的程度应该差不多，可是我就是对旧社会还是比较熟悉些，吃得透一些。对新社会的生活，我还没有熟悉到可以从心所欲，挥洒自如。一个作家对生活没有熟悉到可以从心所欲，挥洒自如的程度，就不能取得真正的创作的自由。所谓创作的自由，就是可以自由地想象，自由地虚构。你的想象、虚构都是符合于生活的。(《道是无情却有情》)

20世纪90年代汪曾祺也写了一批有关"新社会"的文章，算是衰年变法，但从艺术性与蕴藉性来说，还是不如回忆旧社会的题材。不是说他没有强烈的感情，但还是不一样。他晚年想回高邮去住，好好写一下记忆中的高邮，但没房子住。我想，别的条件都可以找补凑齐，但"深知的材料""吃得透"是最关键的，那样才能做到从心所欲，挥洒自如。

后来汪曾祺又说：

我也愿意写写新的生活，新的人物。但

我以为小说是回忆。必须把热腾腾的生活熟悉得像童年往事一样，生活和作者的感情都经过反复沉淀，除净火气，特别是除净感伤主义，这样才能形成小说。但是我现在还不能。对于现实生活，我的感情是相当浮躁的。
(《桥边小说三篇·后记》)

两位，老有人说这个年代太适合写成小说，还是魔幻现实主义那种，可是，也许作者们都需要时间，让感情不再浮躁，反复沉淀，除净火气，除净感伤主义。我这次读《红楼梦》时细读了脂批，觉得作者确实与曹雪芹有共同记忆，但批语里却充满着感伤主义，难怪雍乾朝这么多倒霉蛋，曹雪芹却只有一个……

据说曹公去世时是四十八岁，比我现在还小，披阅十载，那么他开始写《红楼梦》时，才不过卅八岁。然而，对于天才来说，已经足够成熟。我自初中通读过几遍后，卅多年不曾再读《红楼梦》原书，而今重拾，深感不到中年，确实读不透此书。秋水说《红楼梦》是多重空间，我认为从阅读视角来说，亦是如此。《红楼梦》大致采取少男少女的视角，黛玉、宝玉的为多，旁的年轻人也有（王熙凤也是年轻人嗬）。曹公写来也是少年文字，可是字里行间透出的悲凉，却不是为赋新词强说愁的少年感。这一点，年轻读者确乎很难体会。单说书名，《红楼梦》是打败了《石头记》成为最家喻户晓的定名。而"红楼梦"三字，恰恰是看上去艳烈绮靡，细味却无限空虚的预设。相比之下，"石头记"就太朴实了，像百岁老人的回忆录。

譬如秋水说的"视线下移"，我也有很明显的感觉。读前二十回，我最有感觉的是宁、荣二府连续出现的两位"老人"。宁府是焦大，荣府是李嬷嬷。

鲁迅说"贾府上的焦大，也不爱林妹妹的"，可见他认为焦大与林妹妹，可以看作《红楼梦》中"楼上与楼下"的代表人物。但过度解读一下，焦大与李嬷嬷其实有共同点，即他们的身份均甚特出，属于"该受尊敬却少人尊敬"的那一类。焦大是有大功于贾府，"只因他从小儿跟着太爷们出过三四回兵，从死人堆里把太爷背了出来，得了命；自己挨着饿，却偷了东西来给主子吃；两日没得水，得了半碗水给主子喝，他自己喝马溺。不过仗着这些功劳情分，有祖宗时都另眼相待"。然而，现在是"没祖宗时"了，三代四代，谁还记得当年的战功与卖命呢？这焦大脾性又不好,"老了,又不顾体面,一味吃酒,吃醉了,无人不骂",这便讨人嫌了。突然想到《水浒传》里的没面目焦挺,同样是鲁莽人,金圣叹说鲁智深是豪爽,武松是英雄不受羁绊,阮小七是悲愤无说处,焦挺却是性情不好。人间有何公平可言?将贾府比作公司也好,看成国家也罢,焦大这样的人都是最惹人厌的。他在宁府混了几十年,还是会被呼来喝去当下人,那种郁气在胸臆间翻滚奔腾,还有不骂人的吗?

> 贾府上是言论颇不自由的地方。焦大以奴才的身分,仗着酒醉,从主子骂起,直到别的一切奴才,说只有两个石狮子干净。结果怎样呢?结果是主子深恶,奴才痛嫉,给他塞了一嘴马粪。
>
> 其实是,焦大的骂,并非要打倒贾府,倒是要贾府好,不过说主奴如此,贾府就要弄不下去罢了。然而得到的报酬是马粪。所以这焦大,实在是贾府的屈原,假使他能做文章,我想,恐怕也会有一篇《离骚》之类。(鲁迅《言论自由的界限》)

这一点鲁迅看得很准确,焦大除了不识字,足以代表史上所有的怀才不遇者,林黛玉不也是吗?她的身份让她冷眼旁观贾府上上下下,身世之悲混上末世之感,"一年三百六十日,风刀霜剑严相逼",没有《离骚》,却有《葬花吟》。

李嬷嬷是女版的焦大。我猜她可能是贾府的家生子(因为她的儿子李贵也是荣府的奴仆),她会被选中成为宝玉的乳母,一定也是很得宠的包衣家庭,甚至可能是王夫人从娘家带来的。但是《红楼梦》一开头,宝玉已经进入了青春期,李嬷嬷呢?她白日里跟着宝玉,总是想管着他:

> 李嬷嬷便上来道:"姨太太,酒倒罢了。"宝玉央道:"妈妈,我只喝一钟。"李嬷嬷道:"不中用!当着老太太、太太,那怕你吃一坛呢。想那日我眼错不见一会,不知是那一个没调教的,只图讨你的好儿,不管别人死活,给了你一口酒吃,葬送的我挨了两日骂。姨太太不知道,他性子又可恶,吃了酒更弄性。有一日老太太高兴了,又尽着他吃,什么日子又不许他吃,何苦我白赔在里面。"

此处的脂批居然是"余最恨无调教之家,任其子侄肆行哺啜。观此则知大家风范",又说什么"浪酒闲茶，原不相宜"。其实这些说法，都是站在了年轻人的对立面，而且李嬷嬷的说辞，眼见得又不是单纯的为宝玉好，什么"当着老太太、太太，那怕你吃一坛呢"，"何苦我白赔在里面"，一副倚老卖老的甩锅腔调。最不该的是，说吃酒便说吃酒，薛姨妈都揽下了责任，她还不依（这么看李嬷嬷又可能是贾母带来的人），而且莫名其妙地去捅宝玉的软肋："你可仔细老爷今儿在家，隄防问你的书！"连脂批都说"不合提此话"。林黛玉这种口尖嘴利的，岂会放过这个机会，直接上来怼，又是"老货"，又是说她"拿我们来醒脾"。你想想这会儿宝玉心里，谁才是亲人？

但我们可以想想书中没有写的，以贾府的规制，当宝玉牙牙学语的时候，李嬷嬷可能是他最亲近的人了，李嬷嬷又是那么个性格，未免形成了予取予求、颐指气使的脾气。可是宝玉大了，有自己喜欢的人，有自己要罩的丫头，老员工却还不懂事，啥都要刷个存在感，豆腐皮包子要拿回家，枫露茶也要喝。她还总是以宝玉屋里的首席自居，跟焦大一样说这个骂那个。这种人不成为群嘲对象，谁会是呢？

李嬷嬷很快就"告老解事"了。我想这大概是一个合谋的结果，从薛姨妈（背后是王夫人）

到林黛玉，从婆子到丫头小厮，没有一个人会帮她说话，只有落井下石的分儿。当李嬷嬷重返宝玉屋时，她也吟出了她的《离骚》：

"只从我出去了，不大进来，你们越发没个样儿了，别的妈妈们越不敢说你们了。那宝玉是个丈八的灯台——照见人家，照不见自家的。只知嫌人家脏，这是他的屋子，由着你们遭塌，越不成体统了。"这些丫头们明知宝玉不讲究这些，二则李嬷嬷已是告老解事出去的了，如今管他们不着，因此只顾硕，并不理他。那李嬷嬷还只管问"宝玉如今一顿吃多少饭"、"什么时辰睡觉"等语。丫头们总胡乱答应。有的说："好一个讨厌的老货！"

李嬷嬷还不醒觉，就像焦大不肯住口不骂人。她一出场，就是与原名珍珠的袭人一同睡在宝玉卧室外面的大床上，一个下坡路，一个上坡路。她对冉冉上升的花大姐（袭人）的恨，像咳嗽一样藏不住：

李嬷嬷又问道："这盖碗里是酥酪，怎

不送与我去？我就吃了罢。"说毕，拿匙就吃。一个丫头道："快别动！那是说了给袭人留着的，回来又惹气了。你老人家自己承认，别带累我们受气。"李嬷嬷听了，又气又愧，便说道："我不信他这样坏了。别说我吃了一碗牛奶，就是再比这个值钱的，也是应该的。难道待袭人比我还重？难道他不想想怎么长大了？我的血变的奶，吃的长这么大，如今我吃他一碗牛奶，他就生气了？我偏吃了，看怎么样！你们看袭人不知怎样，那是我手里调理出来的毛丫头，什么阿物儿！"一面说，一面赌气将酥酪吃尽。又一丫头笑道："他们不会说话，怨不得你老人家生气。宝玉还时常送东西孝敬你老去，岂有为这个不自在的。"李嬷嬷道："你们也不必妆狐媚子哄我，打量上次为茶撵茜雪的事我不知道呢。明儿有了不是，我再来领！"说着，赌气去了。

少时看李嬷嬷，用的是宝黛视角，觉得真是可恨可厌啊。现在再看，觉得她输在了不懂青少年心理学，也不懂摆正自己的位置。她不是不爱宝玉，但她有强烈的控制欲与占有欲——其实也

有点儿像林黛玉?李嬷嬷针对的是袭人,林黛玉针对的是薛宝钗:

> 林黛玉自在荣府以来,贾母万般怜爱,寝食起居,一如宝玉,迎春、探春、惜春三个亲孙女倒且靠后;便是宝玉和黛玉二人之亲密友爱处,亦自较别个不同,日则同行同坐,夜则同息同止,真是言和意顺,略无参商。不想如今忽然来了一个薛宝钗,年岁虽大不多,然品格端方,容貌丰美,人多谓黛玉所不及。而且宝钗行为豁达,随分从时,不比黛玉孤高自许,目无下尘,故比黛玉大得下人之心。便是那些小丫头子们,亦多喜与宝钗去顽。因此黛玉心中便有些悒郁不忿之意,宝钗却浑然不觉。

林黛玉和李嬷嬷的争夺目标都是宝玉,而她俩另一个最大的共同点,是都"目无下尘",跟下人们处不好,所以也没人帮她俩。林黛玉和李嬷嬷都只能靠各种小动作,吃碗酥酪啦,戴个斗笠啦……当然区别是宝玉的态度不同。唉,人生若只如初见,何事秋风悲画扇啊。

所以焦大、李嬷嬷、林黛玉,性别不同、年

龄各异，但他们是同一类人。就算林黛玉最后与宝玉成亲，那两位也不可能获得管家的权力，百分百会被架空，变得另类、边缘，无论在家族中还是社会上。我有点儿恶意地想，如果黛玉平稳变老，会不会是一个王夫人款的李嬷嬷？

说到这里，估计你们两个"拥黛派"都快气死了。这又要说到我对读《红楼梦》，乃至读所有名著的态度，那就是"去魅"。

为名著赋魅的，是长久岁月中的传播、揄扬与解读。在我们出生之前，这些似乎都成了不言自明的知识。后来者想有所推进，似乎多是在既有结论上选择、辨别、细味。

只是，时代变化是迅速的。我曾经提出一个概念叫"传媒时代的文学重生"：自从20世纪90年代大众文化复兴，21世纪网络文学（广义的，包括但不限于网络小说）兴起之后，"文学"的定义回到了原点，重新诉诸读者的感官刺激与情绪共鸣，进而与读者的人生体验相呼应，去深度化、分众化、模式化。这跟20世纪追求深度与高度的文学写作殊异其趣。

这里我不评说好坏，但以今日之眼光反观名著，足以提醒我们：这些名著诞生之初，恰恰是因为它们与别的小说一样，有类型化的特征，抓住了当时读者的爽点,满足了他们的情感需求。而它们能够在岁月淘汰中"证道封神",是因为它们有超越类型文学的特质,让人能从中解读出更深、更高的旨趣,同时,在流传过程中,它们也成为我们这个民族的共同记忆。

如果我们还想从被咀嚼过千百遍的名著中读出新意,首先也需要回到那个阅读的原点,体会这些故事在中国人的整体社会框架与情感结构中,触及与展现了哪些方面,与我们自身当下的生活认知与情绪认同,又有哪些契合之处、违离之处——这就是对名著"去魅"的过程。

这个原则,还会在此后对各部名著的解读中不断实践。我想咱们的想法是一致的,就像上一封信的总题"打破界限,撕掉标签"——去魅,乃得真名著。

像秋水提出的,如果张爱玲、沈从文来开局《红楼梦》,会怎样写——这就是将名著"拉到现代"的努力。几种可能的开头我都想了想。现在的开头是旧小说套路,而有它独特的功用,信息量很大,但也有些限制对后文故事的想象。从林黛玉进贾府写起,也是好的,但豪门幼女的视角也很窄;宝玉快速成为焦点,我也不喜欢,不想让《红楼梦》成为"小帅""小美"[1]的故事；贾雨村乱判葫芦案，习惯以阶级斗争观点看《红楼梦》的读者可能最喜欢，律法社会、恩怨人情，也极好看。

我想，如果按我喜欢的京派的路数，从林徽因到沈从文到汪曾祺，或许会是这样的开篇：

> 虽然是冬天，阳光还是很好。眼睛看上去似乎有一定的温度，真要抬腿出去，才知道风吹得脸上身上一道道地疼。连平时会在街上跑来跑去的黄狗，都将头埋在腿腹间，蜷成一团，全力抵抗这该死的冷。
>
> 冬日的午后，短。荣宁街的午后，转眼太阳似乎就有些西斜。
>
> 老胡坐在荣国府侧门的门洞里。他倒不怕冷，干冷总比南方的阴冷容易抗，只要不站在风窝里。老胡没有跟几位同伴那样，口沫横飞地聊大天。但是年纪大了，跟那几个烧包子没什么好说的。从金陵入京之后，有

---

[1] "小帅和小美"指网络上一种"n 分钟看完××"的解说类短视频的叙事框架，解说者将故事中最核心的一条线索单独提取出来，并有意强调故事中最刺激、最紧张的情节，让观众可以在短时间内了解大致剧情走向。

些人牢骚越来越大，只是喝酒，只是骂人。他不，他是看着这连街的府第起来的，他怕有一天看见它没了。

远远的有两个人走过来了，一大一小，走近了，是一位姥姥带着个小屁孩儿。

嗯，这就是刘姥姥一进荣国府了。我还是喜欢从小到大，从下到上，一步步地揭开红楼宇宙的浩大复杂。我甚至怀疑，曹公当年也很纠结于用什么角度来进入他熟悉的记忆世界。黛玉进贾府、乱判葫芦案、梦游太虚幻境，都是很宏大正面的叙事。但他摆来摆去，还是不够满意，所以他又另起一笔：

> 按荣府中一宅人合算起来，人口虽不多，从上至下也有三四百丁；虽事不多，一天也有一二十件，竟如乱麻一般，并无个头绪可作纲领。正寻思从那一件事自那一个人写起方妙，恰好忽从千里之外，芥豆之微，小小一个人家，因与荣府略有些瓜葛，这日正往荣府中来，因此便就此一家说来，倒还是头绪。

这是非正面的叙事，是很现代的视角。《红楼梦》是写给当时人看的，故多有套路。但它也是写给未来的，时时有新鲜的视角与写法。少时读，觉得理所当然，后来读的书多了，知道了前后上下的变与常，才更能明白《红楼梦》的好。

秋水的信，还有每晚的共读与讨论，都挺能激发我重读的思路，这确实是自己闷头再看达不到的效果吧。希望咱们能在这浮躁与不安中，将这件事坚持下去。

即颂二位

文安

杨早
2022年12月6日

刘晓蕾

曹雪芹是如何对付传统的

第六封信

秋水、杨早：

就在我们通信的这几天里，外面的世界有颇为奇特的扭转，让人有点儿不知所措。这几天北京的天气也格外好，蓝天如洗，阳光明媚。

等你俩先后写了信，我才动笔，拖延症当然是其一，关键还是想让你们先找角度提问题。对《红楼梦》，我可能太熟稔了（当然也是自以为熟），找到不同的视角、借鉴他者的眼光，去重读经典，对我而言格外重要。幸运的是，遇到了你们。

杨早不太喜欢《红楼梦》的开头，认为信息固然多，但限制了对后文的想象。开头确实千头万绪，像迷宫一般，又是神话又是甄士隐，又有太虚幻境又有葫芦庙，还夹带着宝黛初见、宝钗到来……这都有四个开头了。但我觉得这些信息很有必要。正如秋水所言，《红楼梦》里有多重空间，大荒山无稽崖青埂峰、西方灵河岸和太虚幻境是一重，大观园是一重，宁荣二府以及周边是一重，刘姥姥的村庄是另一重？她来荣国府打秋风，是两个世界的偶然折叠（给有见识的刘姥姥们和乌进孝留了一条窄狭的通道）。

这是一个庞大的"漫威"宇宙啊。神话空间也并不可有可无，大荒山无稽崖青埂峰是红楼宇宙的开端。太虚幻境相当于柏拉图的理念世界，永恒、完美又纯粹，大观园（为了营造它，曹雪芹甚至虚构了元春省亲）是它的摹本和派生物——

> 只见正面现出一座玉石牌坊来，上面龙蟠螭护，玲珑凿就。贾政道："此处书以何文？"众人道："必是'蓬莱仙境'方妙。"贾政摇头不语。
>
> 宝玉见了这个所在，心中忽有所动，寻思起来，倒像那里曾见过的一般，却一时想不起那年月日的事了。（第十七回）

大观园虽是乐园，但有时间性，有成住坏空。作者之于作品，就是上帝给他的世界赋值，提供存在的逻辑和理由。大观园存在的理由就是"情"，"情"来自太虚幻境。警幻仙姑这样介绍自己：

> 吾居离恨天之上，灌愁海之中，乃放春山遣香洞太虚幻境警幻仙姑是也：司人间之风情月债，掌尘世之女怨男痴。因近来风流

冤孽，缠绵于此处，是以前来访察机会，布散相思。（第五回）

太虚幻境的对联是"厚地高天，堪叹古今情不尽；痴男怨女，可怜风月债难偿"。在红楼宇宙里，"情"无一例外都以悲剧告终，"还泪"尤是。警幻仙姑虽掌控各种册子和曲子，却也无法改变情的走向，就像希腊神话里的神和英雄，虽天生神力也同样被命运的无常裹挟。被遗弃在大荒山无稽崖青埂峰下的顽石，因不能补天而悲号，听到了一僧一道的劝诫：人间虽有些乐事，但不可久持，何况美中不足、好事多磨、乐极悲生、人非物换、到头一梦、万境归空，才是生命的常态，二十四字尽是一个"空"。被遗弃等于无用，"空"则是贾宝玉的出厂设置，"枉入红尘若许年"之前，他就被种下了"空"的知识。但"知识"成为智慧，要等到他尝遍人间欢乐和苦楚后才行。在赫尔曼·黑塞的《悉达多》里，悉达多对佛陀说："您这番极其清晰明白、极其可贵的讲演中并未包括一项内容，它没有包括佛陀自己的亲身生活经历的秘密，他曾如何作为一个个体生活在数以万计的人中间。"这种滋味是没法传授的，要知道巧克力的滋味，就要亲自尝一口。老年人爱对年轻人说，这个坑我都替你跳过了，以后你可别再掉进去了。避坑是不可能的，永远不可能，无数次别人的失败也换不来"我"的一次成功。

王国维先生说，"玉"就是"欲"，心怀无数愿景的贾宝玉还是跳坑了。跟普通人不一样，他是带着深刻的绝望和悲哀去发现爱与美，然后不得不一一目睹爱与美的毁灭。从顽石到宝玉，到花柳繁华地、温柔富贵乡，他的生命注定不断被剥夺。杨早说："曹公写来也是少年文字，可是字里行间透出的悲凉，却不是为赋新词强说愁的少年感。这一点，年轻读者确乎很难体会。"确实这样。曹雪芹深知像贾宝玉这样的人，一定会遭世人误解（于花柳繁华地、温柔富贵乡，在莺莺燕燕围绕中躺平），才在开头设置重重机关——可别真以为他是一个无能的富二代。但同时，这些机关也形成了阅读的障碍，意味着读这本书可别想偷懒。

回到秋水援引张爱玲的这句"最好的材料是你深知的材料"。对曹雪芹而言，他深知的材料，不仅有饱含荣耀与创伤的家族记忆，也有庞大冗陈的文学和文化传统。这些材料横亘在面前，作为一个难缠的有野心的写作者，他不仅深知，还要克服。

如同塞万提斯面对的是烂熟的骑士文学传统，曹雪芹要反的是才子佳人的故事套路：

> 更有一种风月笔墨，其淫秽污臭，屠毒笔墨，坏人子弟，又不可胜数。至若佳人才子等书，则又千部共出一套，且其中终不能不涉于淫滥，以致满纸潘安、子建、西子、文君，不过作者要写出自己的那两首情诗艳赋来，故假拟出男女二人名姓，又必旁出一小人其间拨乱，亦如剧中之小丑然。且鬟婢开口即者也之乎，非文即理。

他一再提醒读者，千万不要带着那一套趣味来看——

> 历来几个风流人物，不过传其大概以及诗词篇章而已；至家庭闺阁中一饮一食，总未述记。再者，大半风月故事，不过偷香窃玉、暗约私奔而已，并不曾将儿女之真情发泄一二。想这一干人入世，其情痴色鬼、贤愚不肖者，悉与前人传述不同矣。

把头脑里那一套才子佳人格式化，才见真情见深情。贾雨村和甄士隐的丫鬟娇杏的交集，就是对才子佳人故事的戏仿。撷花的丫鬟出于好奇看了贾雨村两眼，被看者就喜不自胜，把丫鬟当成巨眼英雄——真自恋。张生在庙里偶遇崔莺莺，一心觉得她"临去秋波那一转"，分明是对自己一见钟情。怡红院的小丫头小红第一次遇到贾芸，就留了意："下死眼把贾芸钉了两眼。"这眼神是要杀人吗？曹公真调皮。秦钟在馒头庵向尼姑智能儿求欢，智能儿说等自己离开这个地方再说，秦钟一面说远水解不了近渴，一面按住就行云雨之事。当年张生也是这样对红娘说：求婚要花时间，可我不能等了，再等你们就到"枯鱼之肆"找我了。

曹雪芹有多反感这些故事？这还没完。后来贾母听女先生说《凤求鸾》，趁机批评那些炮制才子佳人故事的文人，不仅酸腐还妒富，写这些故事存心不良，王熙凤笑称其"掰谎记"。

才子佳人的这些套路，曹雪芹能轻松翻越。可还有一些材料，是真正的对手，比如让袁宏道们高山仰止的《金瓶梅》。也多亏有一本《金瓶梅》，我们才有机会看"过去的天才与今日的雄心之间的冲突"（哈罗德·布鲁姆语）。这次，曹雪芹采取的是"拿来主义"，《红楼梦》里处处能看到《金瓶梅》的影子。就拿前二十回来说，一言不合就剧透的作风，灵感显然来自《金瓶梅》。只是《红楼梦》的剧透方式——甄士隐家的遭遇，贾宝玉梦游太虚幻境，看到的册子听到的曲子——更高级，更有设计感。《金瓶梅》的剧透就相当家常——算命的吴神仙给西门庆一家子人相面，后来还有一个占卜的婆子给吴月娘、孟玉楼和李瓶儿算，都是极平常的日常插曲。跟曹雪芹精密的谋篇布局相比，兰陵笑笑生更像一个野生的文学天才。

第二次的占卜潘金莲没赶上，不过她不在乎，并扬言："随他明日街死街埋，路死路埋，倒在洋沟里就是棺材。"王熙凤也说过这样的话："从来不信什么是阴司地狱报应的，凭是什么事，我说要行就行。"王熙凤是来到荣国府的潘金莲，她们都是无所畏惧的现实派。占卜的婆子说李瓶儿："你尽好匹红罗，只可惜尺头短了些。"秦可卿就是翻版李瓶儿，李瓶儿性子温克少言，秦可卿则温柔和平，两人都是一等一的大美女，连医生来诊脉都要垂下帐幔，一样的做派。她俩在书中也都死得最早（"尺头短了些"），葬礼也一样的豪奢风光。贾珍看上了罕见的"樯木"，要用来做秦可卿的棺椁；西门庆则大手一挥，花三百二十两银子买了珍贵的"桃花洞"。类似例子，俯拾皆是，宝钗跟吴月娘都是脸若银盆，而贾瑞的死是西门庆之死的减缩版。有时间的话，完全可以把这两本书细细对照着读。

哈罗德·布鲁姆说："创新者知道如何借鉴。"意思是，借鉴不丢人，只要你是天才。海明威、杰茨费拉德和福克纳，都不约而同地借鉴了康拉德，海明威还借鉴了马克·吐温……布鲁姆就挺佩服他们："有才气把先辈转化到自己的写作之中并使他们部分地成为想象性的存在。"有本事的人，借鉴都能成原创。

秦可卿、秦钟、王熙凤、贾瑞和红楼二尤的故事本来是属于另一本书《风月宝鉴》，脂评说《风月宝鉴》的主旨是"戒妄动风月之情"。后来这本书被嵌入《红楼梦》里，有些地方没处理好，衔接处露出了毛茬儿。从这些人身上，可以看出曹雪芹对情欲的态度：情欲不是带来死亡，就是招致祸端。贾瑞临死前跛足道人送来的"风月宝鉴"，反面是骷髅，代表生，正面是美女，代表死；贾琏跟多姑娘被形容为"丑态毕露"……不过，在秦可卿身上，情欲的面目有些暧昧，她温柔袅娜，是贾母眼里一等一的妥当人、得意人，临死前还给王熙凤托梦，忧心贾家的未来，在"金陵十二钗"里也占有一席之地，其死讯传来，宝玉哇的一声吐出一口鲜血……人品和见识都一流，待遇也很高。但她的卧室真是十足的香艳，这暗示了她还有一个无比幽深的情欲世界，毕竟她的判词是"情天情海幻情身"。贾宝玉正是在她的引领下，穿越到太虚幻境，同时做了一场春梦，跟兼有宝钗和黛玉之美的可卿有了云雨之情。正如《西西里岛的美丽传说》里的玛莲娜，每个男孩子的生命中都有这样一个梦中情人吧？再往前一步，秦可卿没准儿就是18世纪中国的安娜·卡列尼娜了。

说到风月，跟这个词匹配的英文单词应是"爱欲"（eros），源自古希腊神话里的爱神厄洛斯。"厄洛斯"的本意指"性爱、爱欲"，代表了生命的原动力。厄洛斯曾拼命追求人间美女普赛克，普赛克的名字Psyche也是灵魂、精神、心理的意思，psychology（心理学）、psychoanalysis（精神分析）都由此而来。这说明在神话世界里，爱与性不分，混沌一片。后来随着文化的演进，爱与性逐渐分离，尤其是柏拉图把理念与现实、灵魂和肉体对立后，在希腊罗马的古典世界里，灵魂、精神就成了比肉体、性更高级的存在，而来自eros的词根erot，在英语里衍生出了一些跟性爱有关的单词，比如 erotic（色情的）、eroticism（色情）、erotology（色情艺术），都低人一等。

在今天，经现代和后现代文化的洗礼，很少再有作家把爱与性截然两分了，有爱、无爱的性，有性、无性的爱，很平常，但《红楼梦》里的爱情保留了古典世界的迷人气息。

秦可卿和秦钟死后，全书的情欲色彩也淡化了。秋水最喜欢的"意绵绵静日玉生香"里，两个小儿女在一起多么柔波荡漾、天真无邪。林黛玉代替了秦可卿，成了宝玉的女神，她诗意而纯净，不许他说一句轻薄话，是"水作的骨肉"，是引领但丁游览天堂的贝雅特丽齐。宝玉的情欲则被藏在碧痕伺候他洗澡"连席子上都汪着水"的迷案里，藏在宝钗"雪白一段酥臂"里。同时，情也被推到形而上的高度。但到了第七十三回，"绣春囊"不可避免地出现了，大观园也摇摇欲坠，这个没有情欲的世界终究是脆弱的。

说到"视线下移"，《红楼梦》的小人物们构成了一层空间，充满人间烟火气。秋水说贾家的婆子媳妇们信息最灵通，我猜周瑞家的掌握信息最多，她不仅是王夫人的陪房，老公周瑞还是大管家，灵活又势利。薛姨妈让周瑞家的送宫花，按照贾家的规矩，顺序应该是黛玉、迎春、探春和惜春，最后是王熙凤，但她图省事，最后送给林黛玉，挨了一句"我就知道，别人不挑剩下的也不给我"。她只能一声也不言语，没法儿说。不过，她虽然势利，也有活泼的人情味。刘姥姥打秋风来找她走门路，她尽心尽力，一来是难却其意（狗儿曾经给周瑞帮过忙），二来也是显弄自己的体面（人心世情大抵如是），就带着刘姥姥去见了王熙凤，自己忙前忙后置饭菜，还问了王夫人，不忘给刘姥姥机会开口借钱……最后姥姥得到了二十两银子，要留下一块给她家孩子买果子吃，她执意不肯（不抽成）。作为一个油腻的中年人，表现是相当不错了。她女婿惹上了一场买卖官司，女儿急忙来找她商议，她的反应是："这有什么大不了的事！""小人儿家没经过什么事，就急得你这样了。"压根儿不当回事，有空给王熙凤说一嘴就行。背靠大树好乘凉，豪奴果然也豪气。至于她的女婿，正是跟贾雨村八卦贾家的冷子兴，是做古董生意的，这个身份正好进出那些败落中的豪门，难怪对贾家家事也了如指掌。

　　自一开头，贾家就已经在走下坡路了，鲜花着锦、烈火烹油的元春省亲，是一针强心剂而已。读《红楼梦》，也是看贾家不同的人在下坡路上的不同选择。

秋水说如果让张爱玲写《红楼梦》的开头会怎么写，我也不敢续，杨早用京派风格摹写了一段，他是被学者耽误的小说家吧？我想到了《安娜·卡列尼娜》的开头：

> 所有幸福的家庭都是相似的，而不幸的家庭则各有各的不幸。

接下来就以贾政的视角写怎么样？我真的越来越同情贾政了，看到他安排薛蟠住在梨香院里，也是想要管束这个呆霸王，真是一个明理的好人，也真无用。

前二十回里我最喜欢第八回。宝钗看宝玉的美玉，引出了宝钗的金锁，正在这时，黛玉摇摇地走了过来，开口就是精灵古怪。喝酒也不平静，二人要离开也偏有一番动作。人间种种滋味，都在糟鹅掌鸭信、酸笋鸡皮汤里，在大红猩毡斗笠里，在黛玉的牙尖嘴利、宝钗的笑而不语、晴雯的娇俏里……一切都刚刚开始，然而，开始也就是结束。此情可待成追忆，只是当时已惘然啊。

冬安。

晓蕾

2022 年 12 月 9 日

纯粹有多美，
自由有多贵

第三辑

庄秋水

成规不存，意义焉附？

—— 第七封信

晓蕾、杨早：

在煎熬四个星期之后，我终于恢复了活力，感觉自己又活过来了。虽然病着的时候，各种不适令人痛苦，但还是有一种日常感——能够躺在自己的床上，吃着药，等疾病慢慢过去，似乎也从过去三年的紧张气氛里脱离出来。

最近女儿小鱼儿迷上了《傲慢与偏见》，一口气读了五遍。旁观这种炽热，我真是无比羡慕呢。她看完后还要拉着我讨论，我因此有了一个机会，去了解一个没有被充分"社会化"的人心目中的爱与婚姻。她最先问的问题，是当时的五千镑[1]和一万镑是多少，有钱到什么程度。最让我惊讶的是，她看到了伊丽莎白的好朋友夏洛蒂的选择。

用女性主义先锋玛丽·沃斯通克拉夫特的话说，丈夫是屋子里一件可移动家具，柯林斯牧师被打发到庭园里埋首园艺，夏洛蒂有了一间朝北

---

[1] 一英镑约为九元人民币。

的"自己的房间",在那个以结婚作为唯一出路的时代,为自己找到了部分自由。在她们那个年代,她那个阶层中,一位淑女自谋生路,比如去做女教师等职业,是极其不体面的。除了婚姻,她没有别的出路。她给伊丽莎白的解释合情合理:"我不是个有浪漫情趣的人,这你知道,我从来都不是。我只要求有一个舒适的家;考虑到柯林斯先生的性格、社会关系和社会地位,我相信,嫁给这样一个人,我获得幸福的机会,同许多人结婚的时候所夸耀的机会,是同样美好的。"

爱与自由,在前现代社会都是极为奢侈的东西,尤其对于女性而言。我是很晚才看到夏洛蒂选择的合理性。年轻的时候,一心扑在伊丽莎白和达西先生人财两得的美满婚姻上,看不到与婚姻关联着的,还有金钱和社会关系。很多人无法理解简·奥斯汀的长盛不衰,比如美国作家爱默生,他始终对简·奥斯汀感到困惑:这些小说无非就是男婚女嫁,这样"狭窄"的主题,如何熬过文学的黯淡时光而长存?或者用弗吉尼亚·伍尔夫的描述,"最大的不幸事故仅仅是某一个小伙子遭到一位姑娘的白眼,又受到另一位姑娘垂青","没有什么悲剧,也没有什么英雄壮举"。直到看到哈罗德·布鲁姆,他认为这是对简·奥斯汀的误解："她懂得成规的作用在于解放意志，尽管成规可能会扼杀个性，但没有它，意志也就无关紧要了。"我突然有醍醐灌顶之感。伊丽莎白的魅力在于成规下的意志，夏洛蒂的追求也同样是在成规下获得自由。

上封信提到了小人物贾瑞的悲剧，他这个人乏善可陈，毛病缺点不少，但在追求凤姐的过程中，也展现了一点儿意志——他明知那是他够不到的地位，却赌上一切去做。现在我对他没有多年前读的时候自然生出的那种嘲笑和讥讽，倒是在同情和怜悯之外有那么一点儿佩服。只要对比他和处于同样地位的贾芸，这一点就凸显出来，后者就是完全活在成规里的人。成规存在的唯一意义就是突破，另一个面向就是成规不存，意义焉附？用这个标尺去度量，《红楼梦》里的爱情与婚姻就成了一场趣味横生的游戏。

支持宝黛还是支持钗玉，这是《红楼梦》阅读史上经久不衰的主流话题之一。使用现代人的二分法，很容易判定宝黛是爱情、钗玉是婚姻，也就是说和黛玉谈恋爱，和宝钗结婚。这固然有一定的道理，就像杨早曾说黛玉比较"傻"，完全看不到她为未来做任何铺垫，一头扎到和宝玉的感情中。初恋男女往往如此，爱情最大，其他都是云烟。而宝钗一开始就是奔着婚姻去的,所以一到贾府就散布"金玉良缘"的公共舆论。

第八回里,宝钗要看宝玉的玉:

> 宝钗看毕,又从新翻过正面来细看,口内念道:"莫失莫忘,仙寿恒昌。"念了两遍,乃回头向莺儿笑道:"你不去倒茶,也在这里发呆作什么?"莺儿嘻嘻笑道:"我听这两句话,倒像和姑娘的项圈上的两句话是一对儿。"

这一回的回目就叫"比通灵金莺微露意",宝钗的贴身丫鬟莺儿直接来了个"前情提要",为钗玉是一对放出风声。按照正常逻辑和对古代大家族的认知,我相信这是王夫人和薛姨妈早就通过气的,也是这姐妹俩的共识——促成子女联姻,亲上加亲。很多人认为钗玉门当户对,分别属于四大家族中的两大家族,这有一定合理性。不过人们忽略了大家庭政治的逻辑,王家的女儿已经占据了贾家的两个显要位置——荣国府总理事王夫人和执行理事凤姐,如果最受宠的宝玉再娶一个王家外甥女,王家独大,就不符合平衡之道。支持宝黛还是支持钗玉,这也是大家族内部博弈的动态过程。正是因为这个过程非常之微妙，涉及荣国府里的几尊大神，身为当事人（工具人）的宝钗就必须安分随时、守拙无欲，任何出格的举动，都会影响到博弈的结果。

宝钗这个人为人行事，过于正确，因此显得无趣。反而是她无意之间的一些行动，内心波澜微露，也就是溢出成规的地方，让这个人有了意趣和生命力。试看第三十六回里，宝钗大中午去怡红院找宝玉聊天，结果宝玉在睡午觉，袭人在旁做针线活，是给宝玉做的白绫红里的兜肚。这时候，刚在王夫人面前卖好，要维护宝玉一生声名品行的袭人，不知作何想，竟要宝钗独自坐一坐，自己出去走走。最受高层喜爱的丫鬟袭人，她这双标也是无可辩驳了。

接下来便是来找袭人道喜的黛玉和湘云看到的情景：

> 只见宝玉穿着银红纱衫子，随便睡着在床上，宝钗坐在身旁做针线，旁边放着蝇帚子。

一向最是守礼的宝钗，坐在睡着了的男子床边，手里在给他做着贴身小衣。这幅图景仿若宝钗内心的外化。此刻,她没有避嫌,没有选择一种安全的遮掩。而这种无意中的显露,也给部分宝钗爱好者沉重一击——他们给她戴上"无欲无求"得道高人的大帽子,把她视作"存天理、灭人欲"的典范。接下来还有一段:

> 这里宝钗只刚做了两三个花瓣,忽见宝玉在梦中喊骂说:"和尚道士的话如何信得?什么是金玉姻缘,我偏说是木石姻缘!"薛宝钗听了这话,不觉怔了。

这时宝钗心中作何想、因何怔,是很值得猜想的。因为黛玉爱刻薄人的习性,人只见得她关注"金玉良缘"(钗玉),却未曾深思,宝钗也一直关注着宝黛,她对他们之间发生的事很清楚。她必须自我克制,才能实现家族安排给她的命运,但在这个午间,她没有克制心中的爱意。在这个午间,一个健康的少女对一个同龄的美少年的爱慕,纯粹而动人,因此时间过得太快,"只刚做了两三个花瓣",这完全是一种心理时间。直到那沾染了社会关系的"金玉姻缘"再次破坏掉美好的时刻。

再退回到第三十四回,宝玉挨打之后,宝钗

托着一丸药走进来,见宝玉好了一些,心中也宽慰了一些。她不由得真情流露:"早听人一句话,也不至今日。别说老太太、太太心疼,就是我们看着,心里也疼。"话说出来,才知不妥,红了脸,低下头。痛得半死的宝玉也听出来了,他用八个字来描述,"亲切稠密""大有深意"。

因此,我一直无法接受续书里宝玉出家,宝钗不以为意的说法。宝钗这个人也不是完全无欲,她的爱欲是克制着的,或者隐藏起来的,不仅骗过了别人,有时候可能也骗过了自己。和黛玉比起来,她其实更"贪婪",她是地位也要,人也要,心也要。也是这种贪欲,给她增加了人性的深度。这个人虽然无趣,毕竟不是一个完全屈从社会意识的工具人,也不是只会念佛号的高人,而是活生生的人。

说起来,我也是最近重读,才接纳了宝钗这个人,作为一个铁杆的"拥黛派",以前对她,真可谓深恶痛绝,将其视作一切成规的拥护者、一切正确的实践者。这次深入到每一句话、每一个细节,才看到她的某些自由意志,也因此对她有了一份理解之同情。

我记得胡适1918年在写给钱玄同的一封信里,提及《金瓶梅》时有个断语:"我以为今日中国人所谓男女情爱，尚全是兽性的肉欲。"爱情本就是一个舶来词，并不是中国传统固有的，成为日常生活中的关键词也不过一百多年。爱情宣告了个人性和日常性，以及女性身份的认同。我们仨有次聊天，杨早说爱情也是一种意识形态，我也赞同。爱情需要习得，或者说被洗脑。家庭教育、言情小说、主流媒介故事，都在塑造着个体的爱情观。前段时间我们都读过的上野千鹤子与铃木凉美的书信对话，铃木凉美就深深地被她自己中学时候的经历影响，对恋爱婚姻有一种疏离的态度。不晓得你们俩的爱情启蒙书是哪一类型的？高中以前我没怎么读过言情小说，回想起来，我关于男女两性之间的认知，早期还是那些腐朽的评话小说，大英雄都是男性，女性是配角。即便是可以上马杀敌的女性，最终也要配给一个更厉害的男性，为他守住家门、生儿育女、夫贵妻荣，或者一起送命冤死。这种关于情爱，或者说只是婚姻的观念，其实也是一直以来的主流意识形态。所以胡适说全是"兽性的肉欲"，倒也没错。兽性的肉欲，无非也是以繁衍为最终目标。后来读到《红楼梦》，就完全被宝黛之爱迷住了。那时候也和小鱼儿一样，凡是阻碍宝黛者，见佛杀佛，见魔杀魔。

我以为以现在的观念去看宝黛之间的感情，是不公平的，还是要把他们置身于书中的世界，方能见得其妙。我们可以看到，在《红楼梦》的世界里，性是稀松平常的事，尤其对于男性，大观园里那个堂而皇之出现的绣春囊就是象征。那些置身于顶层的男性，像宝玉，他可以与丫鬟、朋友尝试各种性关系，只要不出格挡了别人的路，并无人指责，他甚至在秦可卿的房间里体会了一把"虚拟性爱"。说到这里，我有点儿不理解王夫人，她允许宝玉和袭人之间存在真的性关系，却对金钏的几句调笑之语恨之入骨，毁了这个侍奉自己多年的丫鬟。在这个世界里，玩弄、通奸这一类是可以存在的，但是两个平等的个体之间的互相沉迷是不被允许的。

《红楼梦》为了让宝黛之爱有合理性，为他俩前置了两个身份和一段夙缘。有前缘者下凡历劫，再度聚首，这倒也不是创意。新颖之处在于两人之间的"还泪说"，木石前盟既然是一种先天神谕式的情感归依，那么还泪便是关于情感的终极思考。在强大的成规面前，那些洞晓命运的人只能是卡珊德拉式的悲剧存在。绛珠仙子还泪以酬灌溉之恩，消解了宝黛在现实中无立足之境的悲哀。宝玉在经历了和黛玉之间最真诚的知己之爱后，再失去这种美好，这真是一个人的成人之路——在痛苦和悲哀中领悟到人的价值与意义。这里我要说一句，许多人把宝黛视作纯精神性的，而钗玉之间是有性吸引的（以第二十八回"薛宝钗羞笼红麝串"为例）。其实在前置神话里，神瑛侍者以甘露灌溉绛珠草，绛珠草得以修成女体，就是很有性含义的——男人的甘露滋养女人，所以宝黛之间也有一种性本能的先天吸引，不能说他俩是纯粹的精神之爱。

宝黛之爱，其实完整呈现了一段不曾通向婚姻的爱情。两人自小一起长大，"日则同行同坐，夜则同息同止，真是言和意顺，略无参商"（第五回）。在亲密无间的日常相处中，彼此了解、欣赏，随着逐渐长大，学会关怀、体贴对方最微妙的心思。当到快要适婚的年龄（当时标准），外部压力增大，两人心理压力同步增加，互相试探，想印证对方的心，结果就给外界留下整天争吵的印象。两人的真心，也只能在梦境、诗文中呈现。杨早说不能想象林黛玉在婚姻中的情景，确实，我也想过。如果黛玉真做了宝二奶奶，以后管家生子，她的诗意才华岂不也要湮没了？

在《红楼梦》的世界里，或者说在前现代社会里，为繁衍和家族所存在的婚姻，就是全部感情的正确归宿。这成规在宝黛这里也被打破，偏偏就是一段没有走向婚姻的情感——宝玉和黛玉，在这段情感中获得了自由（那些争吵和拌嘴，和自由无关），认领了自我，心智上从一个孩童成为一个真正的人。没有这些发生在自己身上的情和旁观别人的情（龄官画"蔷"），宝玉就不会有"人生情缘，各有分定"的顿悟。别小看了这种认知，这是人的觉醒，意识到自己并非世界的中心，正是脱离孩童状态后才能出现的智慧，否则只能是一个巨婴。所以脂砚斋才说宝玉是"今古未有之一人""今古未见之人"。宝玉和黛玉是那个世界里的新新人类。

所以，我觉得现代人争论宝黛一起好，还是钗玉一起好，有点儿关公战秦琼的意思。你不是世界的中心，不可能拥有全部的好东西，不可能既要又要，这不应该是共识了吗？《红楼梦》是一部多视角之书，今天我只聊了自己心目中的宝黛和钗玉，希望以后有机会聊聊别的情感，比如贾政和赵姨娘，总觉得他俩的情感牵绊，要比贾政和王夫人有趣丰富得多。

期盼你俩的美妙见解。

秋水

2023 年 1 月 7 日

杨早

十字路口的贾家 ——

第八封信

晓蕾、秋水：

好久不见。有很多话想说，但一时又有点儿不知从何说起。你们看杨苡，即使在日机轰炸后，也能将所有的感伤与情绪，都写给远方的朋友。我觉得那种信心真的难得：你在沦陷区，过着同样惊惶不安却相对平静的生活，但你能理解我在生死阴影下的情绪。那些时代加之于我的伤害，我都可以告诉你——我觉得，这后面有一种坚信，坚信我们有共同的价值观，共同的期盼与憧憬。自然这也是因为她年轻，才廿岁。

这三年，我们的社会伦理、交际规则、共情能力，都有很大的变化。现在或许还不能清晰地说出变化的走向，但巨大的变化的发生是一定的。

但咱们能继续读名著、聊红楼，也是因为生活没有扑灭咱们对文字与文学的热情，咱们可以借着诗与远方，把眼光与话语从现实生活中拉远，说一些想说又能说的感想。

我现在给学生讲课，反复劝他们，读小说或读史时，要发挥想象力，尽量贴近人物当时的语境，来认知人物的行为与思想逻辑。他们大抵会说"还是隔"，这也没办法，因为我年轻时也会感觉隔。理解人物与时代，需要掌握的信息真是很多，还要有很好的边界感。用现代社会的眼光与思路去理解古人古事，读的还是自己，不是对象。我现在喜欢的方式，就是像罗新《漫长的余生》那样，关注人物与他的时代，或是像王笛《碌碌有为》提倡的那样，将微观历史与宏观研究结合起来。

《红楼梦》的解读文字汗牛充栋，经常扪心自问：为啥我认为自己还有资格、有能力去解读它呢？因为我读到的大部分文字，要么是在借《红楼梦》的酒杯浇自己块垒，要么是把认知限死在《红楼梦》的本体（比如将"红学"读成"曹学"），总感觉路会越走越窄。所以就想试试，以自己的方式来说说看。

秋水从《傲慢与偏见》说起，这也是我很爱的小说。简·奥斯汀，用网络的说法，叫"三十年饮冰，不凉热血心"，意思是很多事看透了，还是保持一份从容与温情。她的嘴角总带着微笑，像在说：看，人的弱点谁又没有呢？既然都有，为什么不能容忍结局不那么完美呢？

这里又回到一个老话题。很多人在想象自己

穿越的时候，总觉得自己必定是主角，是霸总，是天选之子。为什么我们不会变成夏洛特和贾瑞呢？可能那样就太接近生活的本相了，求"爽"的读者不爱看。但好作家好作品可不管这个，他们不怕冒犯读者。或者像曹雪芹那样，把有价值的撕破碾碎成白茫茫大地真干净；或者像简·奥斯汀，写一个财貌双全的表层故事满足浅薄的慕强者，在这个故事后面隐着的，才是她要书写的人生。

不过，我今天要扮演的角色是一位贾府的"精神股东"。我是支持男男女女互相爱恋的，只要是真挚的感情，都值得尊重。但人生与社会，不会因为感情真挚就放它一马。最近重读《三体》，我同意网上看到的一个说法：刘慈欣比起别的作家的特异之处，在于他够狠。价值观如何评价是另一回事，只是了解真实的世界是如何运行，不会损害你的价值观（如果它足够牢靠的话），只会让你更知道自由有多贵，纯粹有多美，而不是天天慨叹"不可思议"。没啥不可思议的，只是墨菲定律起了作用：蛋糕掉到地上，一定是奶油那一面着地。

贾府是军功世家。历代皇权处理军功世家的方式虽然不同，但非皇族的军功世家，又能真正世代富贵的，非常少见。一朝天子一朝臣，功劳也好，恩宠也罢，总会被时间耗尽，而军功世家占有的资源，总会有别的阶层、别的集团想来夺取。

贾雨村初任金陵知府，故人门子递给他一张"护官符"。我小时候读的时候，只注意那四句顺口溜。其实护官符没那么简单，它不只有"本地大族名宦之家的谚俗口碑"（那只是便于记诵传播），更重要的是"下面所注的皆是自始祖官爵并房次"：

贾不假，白玉为堂金作马。

宁国荣国二公之后，共二十房分，除宁荣亲派八房在都外，现原籍住者十二房。

阿房宫，三百里，住不下金陵一个史。

保龄侯尚书令史公之后，房分共十八，都中现住者十房，原籍现居八房。

东海缺少白玉床，龙王来请金陵王。

都太尉统制县伯王公之后，共十二房，都中二房，余在籍。

丰年好大雪，珍珠如土金如铁。

紫薇舍人薛公之后，现领内府帑银行商，共八房分。

从这张护官符的记载可知：（一）贾、史、王、薛四大家的根本在金陵；（二）贾、史、王、薛四大家族，以贾家为首——不只是爵位最高，总的房数及在都的房数也是最多的；（三）四大家族"皆连络有亲，一损皆损，一荣皆荣"，这一规则不只适用于金陵本地，他们都是从南方入京的外来勋贵，四大家族的利益是相捆绑的，是一个军事贵族集团。

不过，《红楼梦》开篇之时，即使是集团之首的贾家，也已经处于摇摇欲坠的危机之中。这一点从古董商人冷子兴的口中说得明白：

> 古人有云："百足之虫，死而不僵。"如今虽说不及先年那样兴盛，较之平常仕宦之家，到底气象不同。如今生齿日繁，事务日盛，主仆上下，安富尊荣者尽多，运筹谋画者无一；其日用排场费用，又不能将就省俭，如今外面的架子虽未甚倒，内囊却也尽上来了。这还是小事。更有一件大事：谁知这样钟鸣鼎食之家，翰墨诗书之族，如今的儿孙，竟一代不如一代了！

冷子兴是贾府王夫人陪房周瑞家的女婿，他说的自然不差。

"钟鸣鼎食之家"的收入,肯定不能靠爵禄与俸禄。国家承平,当然也不能像乱世那样靠抢掠支持。想来想去,无非是两样:庄子和铺子。《红楼梦》中不曾提及贾府的铺子("铺子"都是薛家的),关于庄子倒有一段名文,就是黑山村的庄头乌进孝来京交租,单子极为详细:

> 大鹿三十只,獐子五十只,狍子五十只,暹猪二十个,汤猪二十个,龙猪二十个,野猪二十个,家腊猪二十个,野羊二十个,青羊二十个,家汤羊二十个,家风羊二十个,鲟鳇鱼二个,各色杂鱼二百斤,活鸡、鸭、鹅各二百只,风鸡、鸭、鹅二百只,野鸡、兔子各二百对,熊掌二十对,鹿筋二十斤,海参五十斤,鹿舌五十条,牛舌五十条,蛏干二十斤,榛、松、桃、杏穰各二口袋,大对虾五十对,干虾二百斤,银霜炭上等选用一千斤、中等二千斤,柴炭三万斤,御田胭脂米二石,碧糯五十斛,白糯五十斛,粉粳五十斛,杂色粱谷各五十斛,下用常米一千石,各色干菜一车,外卖粱谷、牲口各项之银共折银二千五百两。外门下孝敬哥儿姐儿

> 顽意：活鹿两对，活白兔四对，黑兔四对，活锦鸡两对，西洋鸭两对。

小时候看过许多文章，愤愤不平，说这些礼品都是劳动人民的血汗，如此丰盛，贾珍还说"真真是又教别过年了"，穷奢极欲，压榨农民，坏透了！

其实我们要仔细去读贾珍和乌进孝的对话，才能明白贾府的主要收入来源与危机所在。首先，乌进孝管着宁国府的庄子，范围极广，仅仅是一场雹子，"方近一千三百里地，连人带房并牲口粮食，打伤了上千上万的"，"如今你们一共只剩了八九个庄子，今年倒有两处报了旱涝，你们又打擂台"。"八九个庄子"，如果是宁国府农庄的总数，总面积有多大？乌进孝的兄弟管着荣国府的庄子，"我兄弟离我那里只一百多里，谁知竟大差了。他现管着那里八处庄地，比爷这边多着几倍"，那又是多大面积？两相比较，单子上的物事还算多吗？

其次，贾珍说指望乌进孝能送来五千两银子，乌进孝又说他兄弟管着荣国府八处庄地，"今年也只这些东西，不过多二三千两银子"——但是我们不能确定，贾家是否只有黑山村这一处农庄。

最后，当乌进孝"庄家老实人"说皇上与贵妃娘娘会赏赐贾家时，贾蓉等七嘴八舌地算账给他听：

> 你们山坳海沿子上的人，那里知道这道理。娘娘难道把皇上的库给了我们不成！他心里纵有这心，他也不能作主。岂有不赏之理，按时到节不过是些彩缎古董顽意儿。纵赏银子，不过一百两金子，才值了一千两银子，够一年的什么？这二年那一年不多赔出几千银子来！头一年省亲连盖花园子，你算算那一注共花了多少，就知道了。再两年再一回省亲，只怕就精穷了。

也就是说，贾家每年的财政赤字是"几千两银子"，这个赤字，一方面是由于"生齿日繁，事务日盛"，一方面也是农业收入靠天吃饭，"从三月下雨起，接接连连直到八月，竟没有一连晴过五日"。收入不稳定，支出逐年增加，贾府的财政危机显而易见。

贾府的"生齿日繁，事务日盛"，现在核心家庭出身的读者比较难理解，其实可以管中窥豹，从一些细节里看见。一是秦可卿夭丧之后，来吊丧的贾家众人有"贾代儒、代修、贾敕、贾效、贾敦、贾赦、贾政、贾琮、贾瑞、贾珩、贾㻞、贾琛、贾琼、贾璘、贾蔷、贾菖、贾菱、贾芸、贾芹、贾蓁、贾萍、贾藻、贾蘅、贾芬、贾芳、贾兰、贾菌、贾芝等"。这还只是姓贾的,加上母族、妻族、妾族、奴仆、家生子,得有多少人!再看看小红那一段贯口:

> 平姐姐说:我们奶奶问这里奶奶好。原是我们二爷不在家,虽然迟了两天,只管请奶奶放心。等五奶奶好些,我们奶奶还会了五奶奶来瞧奶奶呢。五奶奶前儿打发了人来说,舅奶奶带了信来了,问奶奶好,还要和这里的姑奶奶寻两丸延年神验万全丹。若有了,奶奶打发人来,只管送在我们奶奶这里。明儿有人去,就顺路给那边舅奶奶带去的。

这"四五门子的话",连大少奶奶李纨都听不明白。小时候看这段,只看见小红的慧黠、凤姐的精明,而今再细读,字里行间都只有三个字:当家难。

以上说的是财政危机,再说贾家的政治地位。冷子兴演说荣国府,"翰墨诗书之族"的评价只是套话，是靠不住的。贾家是尸山血海杀出来的功名富贵（焦大的功劳便是"从死人堆里把太爷背了出来"，焦大老而未死，这才多少年），三代数下来，只有贾政"原欲以科甲出身"，但皇上恩典，还是荫袭。一个读书人未出，算什么翰墨诗书之族？

贾家出了个元妃，外人看起来当然是泼天的富贵保障。然而元妃如果无子，如果失宠，外戚贾家能保得住长久富贵吗？难。而且，争取政治利益是需要经济实力作为支撑的。为了维持贵妃外家的体面，贾家已经想尽一切办法，仍然入不敷出，左支右绌。

贾家必须要为后代争取更多的钱与更长久的权势。而四大家族里，只有王家的王子腾升了九省统制，算是当红的官员。史家是早已没落，要靠史湘云这种嫡系小姐做针线活儿贴补。薛家皇商出身，现今钱可能还有，但有什么势力呢？没有贾政与王子腾的庇佑，呆霸王薛蟠连人命官司都摆脱不了。

贾家站在了一个十字路口，往后走不可能，往前走，是最难也是最保险的做法——子弟争气，进入文官集团，将贾家真正变成"翰墨诗书之族"。可是正如冷子兴所说，贾家一代不如一代，唯一聪明伶俐的贾宝玉还躺平摆烂。

不仅没有可以科举取士的人才，连能够经商营利的高手也欠奉。除非琏二爷跟夫人互换身体，不然贾家的亏空只会越来越大。

剩下的选择就只有联姻了。所谓宝黛、钗玉之争，很多人看见的是价值观是否契合，喜欢不喜欢，爱不爱。事实上，这是一场家族利益的对决。吕思勉在《吕著中国通史》里这样分析：

> 礼经所说的婚礼，是家族制度全盛时的风俗，所以其立意，全是为家族打算的。《礼记·内则》说："子甚宜其妻，父母不说，出。子不宜其妻，父母曰：是善事我，子行夫妇之礼焉，没身不衰。"可见家长权力之大。《昏义》说："成妇礼，明妇顺，又申之以著代，所以重责妇顺焉也。妇顺也者，顺于舅姑，和于室人，而后当于夫；以成丝麻布帛之事；以审守委积盖藏。是故妇顺备而后内和理，内和理而后家可长久也，故圣王重之。"尤可见娶妇全为家族打算的情形。《曾子问》说："嫁女之家，三夜不息烛，思相离也。"这是我们容易了解的。又说："取妇之家，三日不举乐，思嗣亲也。"此意我

们就不易了解了。原来现代的人，把结婚看作个人的事情，认为是结婚者的幸福，所以多有欢乐的意思。古人则把结婚看作为家族而举行的事情。儿子到长大能娶妻，父母就近于凋谢了，所以反有感伤的意思。《曲礼》说："昏礼不贺，人之序也。"也是这个道理。此亦可见当时家族主义的昌盛，个人价值全被埋没的一斑。

《仪礼》中的《士昏礼》，即后世所谓"六礼"。第一步是"纳采"，即求婚，第二步就是"问名"。你答应嫁一个你家的姑娘给我，嫁哪个随便你，因为求婚的本意就是两个家族联姻，姑娘是谁有什么关系呢？

那么从贾府的家族利益出发，荣国府二房嫡子、老太太的心肝宝贝贾宝玉，娶谁合适呢？

王家是可以排除的。宝玉的母亲是王氏女，贾琏的妻子王熙凤也是王氏女，两家的联盟已经有了足够的保证，再娶一个王氏女有何意义？

如果在四大家族的传统路径里择婚，史湘云是一个选择。贾母出自史家，她将史湘云从小养在身边，未尝没有为宝玉未来谋划的意思。但史家没落得很快，已经很难为贾家提供助力，因此几乎没人看好贾史通婚，偏偏又有"因麒麟伏白首双星"，但那应该已经不是家族的选择。

种子选手只剩下林黛玉、薛宝钗二位了。林黛玉其实已经是贾家在十字路口向左走的产物。她的父亲林如海，进士出身，而且是皇上的宠臣（巡盐御史可不是随便谁都可以当的）。林家不是军事贵族集团的一员，因此贾敏嫁给林如海，应该就是贾家和文官集团联姻的重大尝试。可惜林如海一是家族人丁不旺，二是本人早逝。但这也方便了林家的遗产可以全部被贾家继承，尤其是林黛玉嫁给贾宝玉的话，连那份嫁妆都不会外流。而且不管是贾政出仕，还是宝玉、贾兰将来走上仕途，林如海的那些座师同年，未必不能给予助力。从这个角度来说，宝黛婚姻是不二之选。

薛宝钗是薛氏女，又是王家的外孙女，加上家里经商，她的优劣势都非常明显。从地位上来说，薛家对贾家没什么助益；从经济上来说，薛宝钗与林黛玉谁会带来更多的嫁妆，真不好说，考虑到薛家还有薛蟠、薛蝌，宝钗这方面怕也没有太大优势。

宝钗最大的优势，是她的见识与商业才能。跟王熙凤相比，宝钗的学识高太多了，几乎不亚于黛玉。从商业才能来说，自少生于商贾之家，她怕是比王熙凤还熟悉商场的门道，更别提大观园里任何姐妹。赵园在《家人父子》里曾指出，明末士大夫从青楼娶妾成为风气，并不是因为这些名妓的色艺动人——这一点根本打动不了家族，只会制造怒沉百宝箱的杜十娘。士大夫迎娶妓女，是因为妓女从小在欢场成长，有很强的理财能力，而她们从良之后，往往会成为家族的管家人。大家族并不傻，娶妻娶德，要的是名声、地位和家风。娶妾，当事人可能是娶"色"，大家族只会是娶"才"（此处特指经营之才）。

因此，纵观薛宝钗的逆袭之路，她就是在展露长才（比如加入贾家的兴利除弊）之外，不断地弥补自己的短板，坚决不让人有机会给她贴上豪奢、暴发、粗鲁这样的商贾标签。可以说，薛宝钗的人设是"反薛蟠"——如果可能，她大概恨不得这个哥哥消失。研读者喜欢引用那段描写宝钗房里的摆设的话："进了房屋，雪洞一般，一色玩器全无，案上只有一个土定瓶中供着数枝菊花，并两部书，茶奁茶杯而已。床上只吊着青纱帐幔，衾褥也十分朴素。"其实就是打造人设的结果。

不只宝钗在打造，史湘云也在自觉不自觉地打造人设。第三十二回里，史湘云说了一段应酬世务求上进的规劝之辞，立即遭到宝玉的回怼：

"姑娘请别的姊妹屋里坐坐，我这里仔细污了你知经济学问的。"袭人为了圆场，说出了一件类似的往事："宝姑娘也说过一回，他也不管人脸上过的去过不去，他就咳了一声，拿起脚来走了。这里宝姑娘的话也没说完，见他走了，登时羞的脸通红，说又不是，不说又不是。"

在规劝宝玉上进这件事上，薛、史二人的思路是一致的。她们真的不知道宝玉不爱仕途经济吗？史湘云自己就不见得多讲上进，薛宝钗更是从小见惯世故。她们不知道这些话不能讨好宝玉，反会遭到厌恶吗？她们当然知道。但放在家族眼里，一个时时规劝夫君上进的淑女，一个从来不说这些混账话的才女，谁更像将来的宝二奶奶呢？可笑宝玉还时时宣扬林妹妹的高冷纯粹，殊不知每发一次这种点评，就将宝黛婚姻的希望打灭了一分。

我们毕竟是现代人，在读《红楼梦》时，会将"真爱"看成不言自明的前提，又容易将自己投射到男女主角身上。可是，曹雪芹的同代人是懂传统婚姻的。曹雪芹会将故事写成悲剧，续书者们可是千方百计想要制造大团圆——那才是民族的主流审美。高鹗的做法是让黛玉非常戏剧性地去世，宝钗劝转了宝玉，叔侄二人高中进士，全了宝玉对家族的责任。他没有改变宝玉出家的个人结局，却执着地写了贾家的复兴。

我看到吴组缃先生主编的《红楼梦》续书系列里，有一本是写神明复活了黛玉，而且给了黛玉理财经商的能力，宝黛幸福地生活在一起了，贾家也重振家声了。这就是当时的"爽文"啊，容不得半点儿缺憾。

不是有"双峰并峙，二水分流"的钗黛合一论吗？确实，如果钗黛能合二为一，对于贾家来说，是最合适的选择。再加上宝玉幡然醒悟，进入官场成为林如海、贾雨村式的文官，那才是十全十美。可惜，这恰恰是反《红楼梦》的。

也就是说，宝黛爱情提供了一种"反价值"，悲剧收场是必然的。但生活的缺憾，会留在文学里去补偿。在曹雪芹的时代，万千男女为了家族利益做出理性的选择，而坚持不向生活妥协的，只有一个林黛玉、一个贾宝玉。

一不小心，这封信写长了。但我把想说的话说出来了，很痛快。接下来期待晓蕾的信。

即请

文安

杨早

2023年1月8日

刘晓蕾

对爱情的老调重弹

第九封信

秋水、杨早：

惭愧，我的回信拖太久了。从十二月中旬到现在，经历了两件事：得了一场病，安置好了江南的新家。这么多人同时发烧渡劫，很悲壮也很荒谬。卡夫卡的《城堡》、贝克特的《等待戈多》算什么呀，现实可比虚构更魔幻。等身体恢复得差不多，我就跑到江南鼓捣新家，忙碌了一番，于是假装开始正常生活。

我太喜欢江南了，一下雨，云雾就飘在半山腰，让我想起黛玉的"罥烟眉"。脚下是徽州重修的古村落：斑驳的白壁、青黑的瓦，配上高低错落的马头墙，极富审美性。第一故乡没得选，但在有生之年选择一个中意的落脚地充当第二故乡，还是挺让人欣慰的。选择可以带来松弛感和自由度，尽管并不多，但也可以让人生拥有另一种可能性，这也是我一直喜欢宝玉和黛玉这些人的原因。

清代的袭爵制度是逐次降级的，贾家历经百年，以军功起家的宁荣二公是权势顶峰，到了贾敬、贾赦这代是一等将军，贾珍就只能是三等威烈将军……按照惯例再往下走，就是降阶至平民阶层。想要留住家族曾经的荣耀已不可能，现实就是这样冰冷。冷子兴冷眼旁观："如今生齿日繁，事务日盛，主仆上下，安富尊荣者尽多，运筹谋画者无一；其日用排场费用，又不能将就省俭，如今外面的架子虽未甚倒，内囊却也尽上来了。"这是路人视角，局中人又如何？秦可卿临死前托梦王熙凤，掏心掏肺叮嘱：靠祖宗的余荫行不通了，家族败落不可避免了，但结局有硬着陆和软着陆。如想软着陆，需早做打算，一是保障基本生存，在祖坟附近多买田地房舍；二是重视教育，让子弟们好好读书参加科举。这显然是曹雪芹在遭遇家变后总结的经验，倒也是传统农业社会里大家族应对必然性危机的出路。

到贾宝玉这一代，正如杨早所言，贾家确实走到了十字路口——往左走，做两手准备软着陆；往右走，内外交困下贾家逐步土崩瓦解；往前走，政治环境剧变，终被抄家（甄家如是，曹家如是，巨族多如是）。就第五回的判词看，贾家显然走了最后这条路，最惨烈。总之，就是走下坡路，此乃历史规律，也是中国历史上豪族们的宿命。所以，整部《红楼梦》正如鲁迅先生说的，是"悲凉之雾，遍被华林"。

在这样的末日阴霾里，再看书中人的表现，就颇有意味了。

贾敬、贾赦、贾珍和贾琏们从未睁眼看家族和自己的处境，活得最自私也最没顾虑。贾母和贾政则能隐约感知山雨之欲来。清虚观打醮时，贾珍神前点了三出戏，一出《白蛇记》、一出《满床笏》，贾母满心欢喜，听到第三出是《南柯梦》，便不再言语。元宵节众小辈作字谜娱乐，谜底有炮仗、算盘、风筝、海灯和更香，皆为不祥之物，贾政"愈觉烦闷，大有悲戚之状，因而将适才的精神减去十分之八九，只垂头沉思"。但即使能看清局势，又能如何？没用的。贾母索性撒手不管，且跟孙子孙女们玩乐。贾政早先还对宝玉抱有一线希望，后来也想开了，人拗不过命，爱咋咋地吧。

贾宝玉呢？在花柳繁华地、温柔富贵乡里，他的末世感却最强烈：

> 比如我此时若果有造化，该死于此时的，趁你们在，我就死了，再能够你们哭我的眼泪流成大河，把我的尸首漂起来，送到那鸦雀不到的幽僻之处，随风化了，自此再

不要托生为人,就是我死的得时了。

这才刚到第三十六回啊,他身边有袭人晴雯,有风流袅娜的林妹妹,还有鲜艳妩媚的宝姐姐,正是他和大观园的黄金时代。他怎么发出如此哀音,如此厌弃人间?这让我想到印度诗剧《沙恭达罗》。豆扇陀国王荣耀无边,拥有权势和爱情,但当神允许他说出愿望时,他的最后一个愿望居然是:愿全能的湿婆免除他下一世的痛苦,不要让他投生在这充满罪与罚的人世间。正是对生命之苦有深刻的领悟,才会在巅峰之际,对此生此世毫不眷恋,而且拒绝再来吧。

王熙凤跟平儿论家务,评价宝玉"又不是这里头的货",但在这个关系家族转折的节骨眼上,贾宝玉却被强行推向前台,不仅袭人和宝钗规劝,就连做贾府"精神股东"的读者们,也恨他无能。可是,他本来就是一个"无材可去补苍天"的弃石啊。哈姆雷特得知父之死的秘密,一点儿也不振作,反而叹息:"这是一个颠倒混乱的时代,唉,倒霉的我却要负起重整乾坤的责任!"他其实是一个文艺青年,一个思考人类和人性的思想者,却要被迫营业,担负起复仇大任,可不是悲剧吗?他临死前请求好友霍拉旭要活着:"你倘若爱我，请你暂时牺牲一下天堂上的幸福，留在这一个冷酷的人间，替我传述我的故事吧。"这不仅仅是一个复仇的故事，而且是一个不可复制的悲剧标本。同样，讨厌贾宝玉也好，喜爱也好，他确实独一无二，没有哪个男主像他这样浑身是筛子。他的痛苦和绝望，比他的软弱、无能更值得关注。

贾宝玉的放弃是出于自觉，不是不能，而是不想，他不仅对主流价值置若罔闻，就连探春在大观园里兴致勃勃地搞改革，他也意兴阑珊："谁都像三妹妹好多心。事事我常劝你，总别听那些俗话，想那些俗事，只管安富尊荣才是。比不得我们没这清福，该应浊闹的。"

这个人的使命，就是来人间走一遭，经历得与失、爱与痛，见证繁华至凋落，在狂喜和深渊中，见证生命的丰美和无常。

这也注定世人对他多误解。曹公在第二回借贾雨村之口，说贾宝玉其实是"正邪两赋"之人，属于圣人、坏人和普通人之外的第四种人。他知道这样的人不容易被理解，还列了一个名单，从许由、陶渊明到宋徽宗到唐伯虎到朝云，都是宝玉的同路人，有男有女，有隐士有君主，有艺术家有名妓，处境不同、身份不同，但都混得不太好，是世俗意义上的失败者。这些人也有家族相似性——不容易被归类、被编码，多少拥有自由意志。

对大多数人来说，自由意志在现实面前早就化为齑粉，"现实"也是读《红楼梦》时不断被感知的铜墙铁壁。秋水信的主题是"成规不存，意义焉附"，成规是特别好的切入点，因为不面对成规，就无法理解何为"正邪两赋"之人，何为自由意志。贾宝玉面对的成规是制度、道德、舆论，这些构成了拉康意义上的"大他者"。到了现代社会，又多了全景监狱式的"规训权力"（福柯）、被符号化的消费社会（鲍德里亚）。全面挤压下，自由意志越发可疑——越来越多的人相信，个体的选择背后有决定性的因素，是一种必然，自由其实是一种幻觉。

经历过后现代理论的洗礼，再加上文化保守主义者的回望，再提自由意志，就显得不大合时宜。但我还是相信有自由意志——人可以用自己的意志，去创造自己和未来。换句话说，人的选择和行动并没有全然被必然性和因果律决定，依然可以有自由，即使这种自由特别稀薄。现实不允许自由，但也该假定人是自由的，否则人只是DNA（遗传信息载体）和蛋白质构成的碳基生物,并不比科幻电影里的机器人、复制人更像人。

前两天重看了电影《银翼杀手》。电影里的复制人也有童年、好友(被植入的记忆程序),但没有自由意志,感受不到爱,只有四年寿命。复制人罗伊寻找自己的造物主,只是想延长寿命,但在这个过程中,他爱上了女复制人。而当罗伊大限来临的一刻,他最终选择对杀手戴克出手相救,他有这样一段独白:"我曾见过人类无法想象的美,我曾见过太空战舰在猎户星座旁熊熊燃烧,我曾看着C射线在唐怀瑟之门附近的黑暗中闪耀,而所有这些时刻终将流失在时光中,如同泪水消失在雨中。结束的时间,到了。"然后颓然死去。此刻的罗伊,比很多人都更富有人性。

一个内心不自由的人,大概也不会拥有爱的能力,也无法做出选择。为什么爱情是文学作品中最畅销的母题,为什么宝黛爱情特别让人有代入感?其实就是代偿,现实中我做不到,但他们能。

写爱情的文字多如牛毛,宝黛爱情依然不可替代。他们的爱既有神性(神瑛侍者和绛珠仙草),又有日常质感,在缓慢流淌的生活里,爱日渐饱满,主体性和个人性也日渐丰盈独立。黛玉小时候嘴巴不饶人,抢白李嬷嬷,因送宫花怼周瑞家的，专门跟宝钗对着干，又爱歪派宝玉，少不了自苦加自虐……但我们眼看着她长大了，变得心平气和，富有同理心，见了赵姨娘含笑让座，抓一把钱给丫鬟佳蕙，对送燕窝的婆子嘘寒问暖，追着宝钗喊姐姐。同样，在林妹妹的泪眼婆娑中、在目睹龄官和贾蔷的爱情场景后，宝玉也懂得了"各人各得眼泪"，分清了博爱与爱情。原来的他可是梦想着自己死后，姐妹们哭他的眼泪会流成河的，真是孩子气。秋水也写到了这一点，心有戚戚焉。

张爱玲在《红楼梦魇》里怀疑曹公数改其稿，改到后来就淡忘了宝黛爱情线，因为后来二人恋爱的戏份就少了。确实，但第四十五回是爱情戏的封神之作。宝玉雨中去看望林妹妹，见面就问吃和睡，咳嗽与否，黛玉因渔翁渔婆之说脸红装咳嗽，最后是玻璃绣球灯……无一字是爱，但无一不是爱。爱已经化入生活，如盐入水，哪里还用谈呢？

像黛玉这样的人会不会跟婚姻八字不合？秋水和杨早都为她担忧。我倒愿意为她保留可能性，伍尔夫这种难搞的文青，不也有一个伦纳德默默陪伴吗？宝玉也可以。当然了，贫穷除外。伍尔夫的名言，要有一间自己的房间，前提也是要有钱（她在大学演讲时说一个女性的年收要有五百英镑，当时一个普通英国工人的年收只有七八十英镑）。在贫穷面前，爱情是平等的，被夷平的不单是宝黛这一对，还是对他们保留一点儿想象力吧。"正邪两赋"之人本就在平庸之外，生活之上。

如今，爱情不是陈词滥调，就是溺亡在生活的海洋里。现代人为了捍卫自我的安全性，追求目标的确定性，学会了计算得失，愈觉得为爱情耗神耗钱得不偿失。韩裔德国哲学家韩炳哲在他的《爱欲之死》里，把这种现象称为"驯服爱欲"，就是说爱欲体现了生命的强健，现代人却不想冒险，想把它驯化成玩偶或工具，这就消解了爱情的神圣性，让个体在"倦怠社会"里丧失了思考力。

还是要有爱情。在我们仨都读过的《始于极限》里，上野千鹤子跟铃木凉美谈"恋爱"这个话题时说：

> 我至今相信，恋爱是谈了比不谈好。因为在恋爱的游戏场上，人能够深入学习自己和他人。恋爱会帮助我们了解自己的欲望、嫉妒、控制欲、利己心、宽容和超脱……我

> 从不认为恋爱是一种放纵的体验。在恋爱的过程中，我们受到伤害，也互相伤害，借此艰难地摸清无论如何都不能让渡给他人的自我防线，以及对方那条无法逾越的自我界线。

是的。爱是一门艺术，是一种能力，它需要在生活中不断实践、习得。爱是向对方的无畏敞开，也是勇敢的接纳。她摘引了弗洛姆《爱的艺术》里的几句话，比如"爱是一种积极的行动，而不是被动的情感，它是主动'站进去'的行动，而不是盲目'坠入'的情感"，"本质上，爱是将自己一生完全托付给对方的决断行为"。我手头也有《爱的艺术》，这几句话也被我标了红。关于爱情，有很多书，弗洛姆的这本值得一看再看。

爱最需要的是勇气，勇气是人类最宝贵的品性。

所以我能理解宝钗，但仍不喜欢。"拥钗派"为宝钗辩护的各种理由，当然是成立的，正如杨早分析的那样：薛家是正走向没落的皇商，宝钗还有一个不靠谱的哥哥，通过婚姻来拯救家族的重任就落到了她身上，她要走"反薛蟠"的路，营造一个温良恭俭让的大家闺秀的人设，为将来的"宝二奶奶"造势。辛苦了。在人世间的网格里腾挪闪展,谁不在"苦熬"?一个朋友很喜欢宝钗,她说:"但凡在现实中说过一次违心的话,就能理解宝钗的不容易。"言下之意,宝钗背负了太多我们中国人心知肚明却又不能明言的委屈,在替我们负重前行,所以宝钗真的是一个典型的中国人,很多人从她身上看见了自己,跟她惺惺相惜。但把宝钗包装成无欲无求、超凡脱俗的得道高人(顾城语),也很难说服我。现实不需要辩护,需要批判和超越。在宝钗身上,除了严密的自我规训,还深藏着欲望和恐惧。

曹公写宝钗一向曲笔,第二十八回有一段宝钗的心理独白:

> 薛宝钗因往日母亲对王夫人等曾提过"金锁是个和尚给的,等日后有玉的方可结为婚姻"等语,所以总远着宝玉。昨儿见元春所赐的东西,独他与宝玉一样,心里越发没意思起来。

由此顺藤摸瓜,可一窥宝钗的潜意识。宝钗并没有刻意远着宝玉(她爱去怡红院串门,还惹得晴雯发牢骚),至于宝玉的玉,她又何曾不留意哉?莺儿打络子,宝钗提议不如把玉络上,且要用金线杂以黑线；玩射覆，只有她覆的是宝玉的玉。不过有人据此批评宝钗心口不一，太虚伪，我也不同意。这种"虚伪"哪是错？如果人人像刘慈欣笔下的三体人那样，思维通体透明，观念毫无保留，早就鸡犬不宁了，有藏有露本来就是社会人的基本素质。

我怀疑连宝钗自己都搞不清楚自己，自我规训久了，把自己都瞒过去了，真狠人也。她活得太正确，也会丧失对人性与道德的理解和想象。滴翠亭下宝钗评判丫鬟小红，教导黛玉、湘云，推崇宝钗的袭人认为宝黛之爱是"丑祸"、是"不才之事"，王夫人痛恨金钏、晴雯、芳官……都是缺乏理解力和想象力。反之，能理解"不正确"的宝玉、黛玉、凤姐、鸳鸯们，更能穿透道德桎梏，体会人的价值。

秋水在开头提到《傲慢与偏见》，很佩服小鱼儿看到了配角夏洛特，一〇后[1]比当年的我们见过更多世面，也尝过物质丰厚的滋味，对爱情的理解更多元。至于我的恋爱启蒙读物，姑且算是《简·爱》吧（那时候哪里懂爱，只觉得女主角的独白很拽）。一个女性朋友说自己一心追求

---

[1] "一〇后"指2010年至2019年出生的人。

真爱，至今未遂，是被这本书毒害了。一本书能误终身？尽信书不如无书也。

写着写着就激动了，爱情和自由意志是老掉牙的话题，但把我天真的想法说出来，也是畅快得很呢。

祝好。

晓蕾

2023 年 1 月 26 日

千万不要小瞧林黛玉

第四辑

刘晓蕾

用文学抵抗遗忘

——第十封信

秋水、杨早：

刚刚过了元宵节，你们在北京有没有去看灯？徽州这里蛮热闹，正月十四还有一场四百人参与演出的盛会，可惜我只赶上了尾巴。以前害怕人多拥杂，现在开始喜欢这样喧闹的人间烟火，这才是正常的生活。回头看看，人真是容易遗忘的动物，好像过去三年是一场梦魇，或者从来没有发生过。

文学是抵抗遗忘的。

有人说："当一个人不能拥有的时候，他唯一能做的便是不要忘记。"曹雪芹写《红楼梦》，也是他对如梦岁月的打捞。虽然我本人不喜欢在小说里找寻人物原型和作者家世，不过这几年也越来越理解某些索隐派的想法。《红楼梦》确实跟通常的虚构文本不同，曹家家世显赫，跟"九王夺嫡"这段神秘的宫廷政治事件剪不断理还乱，招惹很多八卦，也实属情理之中。

读《红楼梦》时，有些情节确实会让人想歪，比如薛宝琴来了，人见人爱花见花开，还带来了

异国情调。她从小跟着父亲走南闯北,天下十停走了五六停,在她八岁时节:

> 跟我父亲到西海沿子上买洋货,谁知有个真真国的女孩子,才十五岁,那脸面就和那西洋画上的美人一样,也披着黄头发,打着联垂,满头带的都是珊瑚、猫儿眼、祖母绿这些宝石;身上穿着金丝织的锁子甲洋锦袄袖;带着倭刀,也是镶金嵌宝的,实在画儿上的也没他好看。

有趣的是宝琴说这个外国美人还会写中国诗:"昨夜朱楼梦,今宵水国吟。岛云蒸大海,岚气接丛林。月本无今古,情缘自浅深。汉南春历历,焉得不关心。"这首诗不仅出现得奇特,内容也仿佛别有所指:朱楼梦(朱家王朝)、水国吟(清朝)。再加上最后一句,真的会让人浮想联翩。打住打住,毕竟游离文本太远去猜谜不是文学本意。我在第一封信里就表达过困惑:为什么很多读者坚信《红楼梦》另有肚肠,绞尽脑汁要找到虚构背后的真实。其实除了阅读习惯,还是不理解虚构作品的精意,认为"实"比"虚"高级,殊不知文学能够抵达的人性真实,远比我们能看到的现实更深，也更真。

结合作家本人的家世和经历回到文本内部，同样也会有有趣的发现。比如既已有京城的贾家，为何还有江南的甄家呢？第十六回以王熙凤、贾琏和赵嬷嬷闲聊，带出省亲一事：

> "说起当年太祖皇帝仿舜巡的故事，比一部书还热闹，我偏没造化赶上。"赵嬷嬷道："嗳哟哟，那可是千载希逢的！那时候我才记事儿，咱们贾府正在姑苏扬州一带监造海舫，修理海塘，只预备接驾一次，把银子都花的淌海水似的！说起来……"凤姐忙接道："我们王府也预备过一次。那时我爷爷单管各国进贡朝贺的事，凡有的外国人来，都是我们家养活。粤、闽、滇、浙所有的洋船货物都是我们家的。"

赵嬷嬷说到贾家接驾时的盛况，王熙凤赶紧接过话茬儿说我们王家也如何如何，可是再说到江南甄家沐浴的圣恩，贾家和王家又都比不上了：

> "还有如今现在江南的甄家，嗳哟哟，好势派！独他家接驾四次，若不是我们亲眼

看见,告诉谁谁也不信的。别讲银子成了土泥,凭是世上所有的,没有不是堆山塞海的,'罪过可惜'四个字竟顾不得了。"凤姐道:"常听见我们太爷们也这样说,岂有不信的。只纳罕他家怎么就这么富贵呢?"赵嬷嬷道:"告诉奶奶一句话,也不过是拿着皇帝家的银子往皇帝身上使罢了!谁家有那些钱买这个虚热闹去?"

曹公果然高手中的高手,谈笑间富贵繁华毕现,又轻轻戳破了繁华的泡沫——原来连没见识的婆子都知道这不过是"虚热闹",热闹过后狼藉一片。一面是荣耀,一面是创伤,往事杂草丛生,只有时过境迁,才能辨析其来路和去处。

我们都知道,曹家的先祖原是汉人,后被清军俘虏编入正白旗,成为包衣,即满人的奴仆。在曹雪芹的曾祖父曹玺时,曹家达到了鼎盛期。周汝昌在《红楼梦新证》里曾考证出如下信息:1667年,曹玺奉召回京觐见皇上,授蟒服,加一品。1668年1月,他的祖父母同时追授二品官衔,他本人则授工部尚书衔,妻子授一品夫人衔。曹雪芹的祖父曹寅十六岁时就成了康熙的侍卫,康熙待他极为亲厚。曹玺去世后,曹寅先后被任命为苏州织造、江宁织造、两淮巡盐御史，同时也是康熙的心腹和密探，也就是皇家的耳目，可以通过上折子的方式议论地方上的大小事。但在跟权力的蜜月期里，也潜伏着巨大的危机，因为曹家的财政出了大问题，尤其是接驾康熙的四次南巡，据说因为花钱太多，造成曹家在任上的巨额亏空，终于在雍正六年（1728年）被抄了家。

江南甄家其实是改头换面的曹家，曹雪芹还是不忍埋没家族史上最耀眼的大事件，来了一个乾坤大挪移，将其放到了甄家头上，江南甄家正是京城贾家的水中倒影。到第七十一回甄家已经被抄了家，贾家正忙着做贾母的八旬大庆，来祝寿的都是达官显贵，依然赫赫扬扬，但山雨欲来风满楼，贾家大厦倾颓的日子也不远了。

江南甄家也有个甄宝玉，不仅名字、年龄，就连长相、性情都跟贾宝玉一模一样。他们说一样的歪话，不看正经书而喜欢跟姐妹厮混，一样有"精致的淘气"。在前八十回里，两个人在现实中从未相遇，直到第五十六回二人在梦中相见，贾宝玉在梦里见到了甄宝玉，同时甄宝玉也梦到了贾宝玉。这一段套娃般的梦中梦，是很现代的叙事手法。如果从个体成长的角度看，两个宝玉互为镜像，各自是对方眼中的自我，甄宝玉犹如平行世界里的贾宝玉。这个世界里的贾宝玉最终悬崖撒手,"空对着,山中高士晶莹雪;终不忘,世外仙姝寂寞林"。那个世界的甄宝玉又是怎样的结局?后四十回提供了一个可能性:甄宝玉告别了年少轻狂的过去,开始认同读书科举,显亲扬名。他代表了绝大多数的此间少年,年轻时诗酒放诞,中年则幡然醒悟,重归传统,完成了从贾宝玉到贾政的精神蜕变。

我一直不喜欢后四十回,文字平庸了,气息浑浊了,总之是不对劲。但高鹗对甄宝玉的设定还挺合理,毕竟贾宝玉只有一个,而甄宝玉比比皆是。《红楼梦》的主角必须是贾宝玉,他才是凤毛麟角的"正邪两赋"之人。我总觉得高鹗多少是认同这样的甄宝玉的,不然也不会总是卖弄八股知识,让贾代儒、贾政跟贾宝玉切磋八股心得。后四十回里的曲折心事,证明他终究是甄宝玉和贾政的同路人。

杨早说重读后四十回,可能会读出高鹗续作的合理处。像《红楼梦》这样元气和才气充溢的书,本来不可能被续写的,能续写成现在这个样子,已经是抽到上上签了。

有人说贾宝玉长大以后就是贾政,林黛玉成年后就是薛宝钗,晴雯也会成为赵姨娘,特别想

知道你们是怎么想的,我是不太以为然的。能成为贾政的贾宝玉就不是真正的贾宝玉,贾政虽然也年轻过,诗酒放诞过,但他说不出"女儿是水作的骨肉,男人是泥作的骨肉。我见了女儿,我便清爽;见了男子,便觉浊臭逼人"这样的话,更不会听到《葬花吟》"一朝春尽红颜老,花落人亡两不知"就恸倒在山坡之上,从落花引发出对生命和宇宙的广大悲感,还是缺少了对生命的省察和觉悟。贾宝玉当然不只有诗酒放诞这一面,何况他的诗作得并不好,每次诗社都忝居末座。贾政也断然不会爱上林黛玉这样的姑娘——他娶了王家的女儿,又纳了赵姨娘这样的妾,出入间脱不了寻常读书人的惯常模子。

至于误会贾宝玉成年后会成为贾政云云,好比把平庸当务实,把怯懦当保守,在实用主义者眼里,美和自由无足轻重。王夫人眼里的芳官就是装神弄鬼的东西,而认为卡列宁是理想伴侣的,自然不喜欢安娜·卡列尼娜。无用的美好其实是很容易被摧毁的,这样的人大概会认为柏拉图的理想国是最适合居住的,因为那里没有诗人。

林黛玉虽也越来越亲近宝钗,越来越心平气和,但她不会像宝钗那样自我规训、自我欺骗。至于晴雯,只是没心没肺、天真又骄傲的人,跟袭人把怡红院当职场不一样，她是把怡红院当家的。我对晴雯这样的人完全讨厌不起来，因为一旦真的了解她，就知道她全凭一腔元气活着，更像一个误入社会丛林的莽撞小兽，缺了社会化这一环。她其实更像一面镜子，照出一个人对人性的理解力和想象力。

说到这里，我想曹雪芹最不喜欢的角色应该是赵姨娘——不明事理，颠顸愚顽。他最喜欢的人物可能还不是林黛玉，而是王熙凤，一写到她就活色生香。你们觉得呢？

"当岁月流逝，所有的东西都消失殆尽的时候，唯有空中飘荡的气味还恋恋不散，让往事历历在目。"总觉得这句话跟《红楼梦》调性相通。说到气味，《红楼梦》里最直观的便是那些繁复无比的物质细节，从家居到服饰到美食，贵族"腐朽"的生活方式展露无遗。

当然，生活方式背后有权力加持，也有传统的礼制规范（孔子的"礼"被保存得最完好的就是区分不同阶层的繁文缛节），比如第三回随着林黛玉进荣国府的视野，可以看到荣国府里的排场可谓惊心动魄。去年年底，我跟做了几期《红楼梦》共读营，一个学员问我：黛玉到东廊小正房里见贾政，为什么坐垫什么的都是半旧的呢？

原文是这样的:

> 正面炕上横设一张炕桌,桌上磊着书籍茶具,靠东壁面西设着半旧的青缎靠背引枕。王夫人却坐在西边下首,亦是半旧的青缎靠背坐褥。见黛玉来了,便往东让。黛玉心中料定这是贾政之位。因见挨炕一溜三张椅子上,也搭着半旧的弹墨椅袱,黛玉便向椅上坐了。

半旧是使用的痕迹,说明这间房是作贾政日常起居之用,这好理解。这段话里其实还藏着一个信息:王夫人当然知礼仪,但还是把黛玉往贾政的位子上引,是不是要给黛玉设个套?幸好黛玉是大家出身,待人接物的礼节早就熟谙之极,她也听母亲说过外婆家气派格外不同,才没被带到坑里,否则很快整个贾家都会添油加醋说林姑娘原来没见过世面(这些婆子们传播八卦的速度几乎是光速)。针脚绵密的日常生活里处处暗藏玄机,难怪黛玉一步也不肯多走。这几乎就是林黛玉命运的隐喻:在到处是陷阱的现实世界里,孤勇者如她,到底能走多远呢?

经过民主洗礼的现代社会,早就把这些传统

贵族的"礼"抛掉了，但那些贵族化的生活方式也并非一无是处，看看《唐顿庄园》就知道了。现代人津津有味地看他们怎样衣着得体、背部笔挺地在琳琅满目的餐桌边小口啜饮，竟有看落日余晖之感，所以也纷纷追求起"仪式感"来了，果然是"生活在别处"。

1987年版的《红楼梦》电视剧还原度还是相当不错的，不像2010年新版的"竟是庙里的小鬼"（王夫人语），只是林黛玉的衣饰稍微有一点点失真，太素净了。曹雪芹很少写黛玉的穿着，可能因为她本来是绛珠仙草，"意态由来画不成"，但在第四十九回林黛玉"换上掐金挖云红香羊皮小靴，罩了一件大红羽纱面白狐狸里的鹤氅，束一条青金闪绿双环四合如意绦，头上罩了雪帽"，是不是特别明艳照人？张爱玲说"各人住在各人的衣服里"，从一个人的衣饰大致可以看出其性情，林黛玉绝非一味地哀怨小性、不好相处。

对了，你们最喜欢《红楼梦》里的哪款美食？我对著名的茄鲞没兴趣，倒是探春和宝钗吃腻了每日例菜，另外拿出五百钱来让厨房柳嫂子做的"油盐炒枸杞芽儿"，这小灶的味道一定清鲜。中秋节王夫人孝敬给老太太的"椒油莼齑酱"，是把莼菜捣碎加调料做成的小菜（同样是小菜，后四十回林黛玉吃起了五香大头菜），老太太就很喜欢。贾赦其实也送来了两样菜，鸳鸯说"看不出是什么东西来"，压根儿就没端给贾母。被嫌弃的贾赦的一生啊，如果用他的视角重述贾家的故事，该是另一番光景了。

杨早说，好小说的标准是会写吃。我同意。咱们读的六大名著里，除了《三国演义》和《水浒传》对美食无所用心（都去干大事了），其余四部还都挺擅长写美食的。对"吃"的执着算是中国文化一种了，写过《游民文化与中国社会》的学者王学泰，还写过一本《中国饮食文化史》，认为对饮食的讲究乃先贤哲学的一部分：

> 中国人善于在极普通的饮食生活中咀嚼人生的美好与意义，哲学家更是如此。庄子认为上古社会最美好，最值得人们回忆与追求，其最重要的原因就是人们可以"含哺而嬉，鼓腹而游"，也就是说吃饱了，嘴里还含着点剩余食物无忧无虑地游逛，这才能充分享受人生的乐趣。当然不能说先民没有过痛苦的追求……像苏东坡在《前赤壁赋》刚刚感慨完"寄蜉蝣于天地，渺沧海之一粟。

哀吾生之须臾，羡长江之无穷"，对于人生短暂寄予了无穷的悲慨，可是诗人善于自解，用相对主义抹杀了长短寿夭、盈虚消长的差别，后面马上就是"客喜而笑，洗盏更酌。肴核既尽，杯盘狼藉。相与枕藉乎舟中，不知东方之既白"。吃喝解决人生的苦闷，因此在春秋时代人们就说"唯食无忧"。

务实、理性，就是李泽厚所说的"乐感文化"吧。张爱玲则看到了另一面：

> 就因为对一切都怀疑，中国文学里弥漫着大的悲哀。只有在物质的细节上，它得到欢悦——因此《金瓶梅》《红楼梦》仔仔细细开出整桌的菜单，毫无倦意，不为什么，就因为喜欢——细节往往是和美畅快，引人入胜的，而主题永远悲观。一切对于人生的笼统观察都指向虚无。

在丰厚的物质后面，其实是虚无的深渊，不愧是天才小说家。所以她面对虚无，写男男女女的故事，也只是想在俗世里寻找一点儿安稳，没有悲壮，只有苍凉。

我读《红楼梦》时，看到华服美食、小儿女们的心事，总是想要叹息：真美啊，请停留一下。

盼即赐复。

晓蕾

2023年2月8日

杨早

千万不要小看林黛玉 ——

第十一封信

晓蕾、秋水：

新年吉祥。

古人有说法是"惯迟作答爱书来"，为啥我一收到晓蕾的信，就忍不住想要回信呢？大概是因为普通的答信总得说说近况、叙叙寒温，满满都是套路，所以不想动笔……但收信总是快乐的，好像在别人的生活与思想上开了一扇小窗，尤其如果谈的是共同感兴趣的话题。汪曾祺在《跑警报》里说，有一位研究印度哲学的金先生，跑警报时总是带着一只很小的手提箱——

> 箱子里不是什么别的东西，是一个女朋友写给他的信——情书。他把这些情书视如性命，有时也会拿出一两封来给别人看。没有什么不能看的，因为没有卿卿我我的肉麻的话，只是一个聪明女人对生活的感受，文字很俏皮，充满了英国式的机智，是一些很漂亮的Essay，字也很秀气。这些信实在是可以拿来出版的。金先生辛辛苦苦地保存了

多年，现在大概也不知去向了，可惜。我看过这个女人的照片，人长得就像她写的那些信。

小时候我每次看到这段，心中都充满着艳羡之情。实话说，《红楼梦》里描述美人的容貌，大半都是旧小说的套路，其实是反作用。写人美，不如只写衣着与诗词，她们会在读者的想象中变得完美。所以《红楼梦》虽然很棒，但我还是老想改写一遍，把那些俗套都改掉。

说到书信体，鲁迅是很反对的，因为如果写信之初，就想给收信者之外的公众看，难免会在信里"做作""装腔"，"日记体、书简体，写起来也许便当得多罢，但也极容易起幻灭之感；而一起则大抵很厉害，因为它起先模样装得真"。因此鲁迅说他宁可看《红楼梦》，也不愿看当时新出的《林黛玉日记》，"它一页能够使我不舒服小半天"，"做作的写信和日记，恐怕也还不免有破绽，而一有破绽，便破灭到不可收拾了"。但是鲁迅也给出了解药："与其防破绽，不如忘破绽。"（《怎么写》）我也是这么想的，虽说咱们这信总是要公开的，但我写的时候总要努力"不装"，最好连"不装"也忘掉，不去管书信体还是随笔体，写就完了。

晓蕾的信里提到了好多点：节令、饮食、衣着，还有洋货洋风……我都感兴趣。不过我这封信想讲的还是更基础的问题，也是晓蕾这个"拥黛派"念念不忘的，那就是千万不要小看林黛玉。

对于黛玉，我少时的态度很直男，对这个小心眼儿又喜欢摆姿态的病姑娘是"哀其不幸"，对她的对手方，宝玉兄，则是"怒其不争"。当然后来自己谈过恋爱，明白"动辄得咎"有时是一种特殊的待遇，就理解了宝玉兄的思想行为逻辑。但对于病姑娘，还只能是路人态度。当然我也不喜欢宝钗，我对于劝恋人上进的女性，都有点儿天生排斥，也是少年不识愁滋味啦。不过我以为上进不是能靠恋人劝的，是，苏秦是因为嫂子的蔑视才头悬梁的，但劝诫这种事嫂子则可，老婆则不可，朱买臣被老婆刺激后是怎样的表现？至亲的人劝你上进，意味着她对你选择的价值观与人生道路是不满意的。如果不是想在婚姻里再找个妈的话，还是志同道合、情投意合比较好吧。

但这次重读，我对黛玉的看法又起了挺大的变化。晓蕾、秋水你们两个"拥黛派"总是强调黛玉"绝不是一味哀怨小性，不好相处的"，最近电影导演徐浩峰亦有此见,说黛玉继承了母亲贾敏北京大妞的性格,不是宝钗这种南京姑娘比得上的。当我放弃小时候的刻板印象,重新审视林黛玉,确实有了新的感知。

林黛玉的家庭环境很简单——

> 今如海年已四十,只有一个三岁之子,偏又于去岁死了。虽有几房姬妾,奈他命中无子,亦无可如何之事。今只有嫡妻贾氏生得一女,乳名黛玉,年方五岁。夫妻无子,故爱如珍宝,且又见他聪明清秀,便也欲使他读书识得几个字,不过假充养子之意,聊解膝下荒凉之叹。

请注意,黛玉是"假充养子"的,这意味着她受的其实是男儿教养。而且黛玉六岁时母亲早亡,府里人口又简单,只有"两个伴读丫鬟",后来到贾府也只带了两个人,"一个是自幼奶娘王嬷嬷,一个是十岁的小丫头,亦是自幼随身的,名唤作雪雁",都对她起不到什么教导作用。所以黛玉对于大家族的礼法规矩,不能说无知无觉,但恐怕跟现在的城市年轻人回乡过年一样,没什么切肤感受,需要"每事问"。她初入荣国府,小心谨慎得让人心疼。她才是个六岁的孩子啊，就知道往哪里坐，见到王熙凤这泼辣人也"陪笑见礼，以'嫂'呼之"，饭后看人用茶漱口，照着做，免得露怯。她没有大人遮护，只能自己一步步去试探，一次次地去适应这深门重院的环境。

这里要说说林黛玉的启蒙老师贾雨村了。这家伙得志之后忘恩负义，又是个贪官，趋炎附势，估计没啥读者会喜欢他。然而此公人品虽劣，见识趣味并不差。他给黛玉上课，虽然因为黛玉年幼体弱，功课上不十分上紧，但日常讲授，其见解品位，是会影响幼小的女学生的。

还要注意的是，贾雨村入林府教书前，是在金陵甄家处馆。他对甄家的态度很矛盾，一方面说甄家"富而好礼"，另一方面又很瞧不上学生甄宝玉"暴虐浮躁，顽劣憨痴，种种异常。只一放了学，进去见了那些女儿们，其温厚和平，聪敏文雅，竟又变了一个人"，辞馆的原因更是"因祖母溺爱不明，每因孙辱师责子"。按说贾雨村很讨厌两位宝玉那样的做派，但他听冷子兴演说荣国府，并不同意对于衔玉而生的贾府二公子"将来色鬼无疑"的主流看法。他将甄、贾宝玉比拟为"前代之许由、陶潜、阮籍、嵇康、刘伶、王谢二族、顾虎头、陈后主、唐明皇、宋徽宗、刘庭芝、温飞卿、米南宫、石曼卿、柳耆卿、秦少游，近日之倪云林、唐伯虎、祝枝山，再如李龟年、黄幡绰、敬新磨、卓文君、红拂、薛涛、崔莺、朝云之流"，对这些人物的归纳是"置之于万万人中，其聪俊灵秀之气，则在万万人之上；其乖僻邪谬不近人情之态，又在万万人之下。若生于公侯富贵之家，则为情痴情种；若生于诗书清贫之族，则为逸士高人；纵再偶生于薄祚寒门，断不能为走卒健仆，甘遭庸人驱制驾驭，必为奇优名倡"，言下并非全是鄙夷，反倒充满了同情之了解。

贾雨村当然不会跟五六岁的林黛玉谈仕途官场之道，但他讲论诗文，多半上述这些见解也是蕴藏其中。偏偏黛玉紧接着被送入贾府，跟宝玉这混世魔王日夜在一处，看看宝玉日后的表白：

当初姑娘来了，那不是我陪着玩笑？凭我心爱的，姑娘要，就拿去；我爱吃的，听见姑娘也爱吃，连忙干干净净收着等姑娘吃。一桌子吃饭，一床上睡觉。丫头们想不到的，我怕姑娘生气，我替丫头们想到了。我心里想着：姊妹们从小儿长大，亲也罢，热也罢，和气到了儿，才见得比人好。如今谁承望姑

> 娘人大心大，不把我放在眼里，倒把外四路的什么宝姐姐凤姐姐的放在心坎儿上，倒把我三日不理四日不见的。我又没个亲兄弟亲姊妹。——虽然有两个，你难道不知道是和我隔母的？我也和你似的独出，只怕同我的心一样。谁知我是白操了这个心，弄的有冤无处诉！

两个人要好成这样，如果说只是贾母放在一处抚养的缘故，恐怕不尽然。可以说，宝玉、黛玉的成长，是互相扶持、互相成就的。如果能有稍长的寿命，他们会长成什么样的人呢？不消说，便是贾雨村总结的"情痴情种""逸士高人"了。

  清楚这一点，我们就能明白，为什么木石姻缘或可动摇，但宝黛爱情牢不可摧。说白了，是因为这两人"女不女，男不男"，超越了当时社会的性别规范——男的不依世情理法，不往那仕途经济上用功，女的不守闺范妇道，不求德容言功出色。这两人傲视同侪的，不是富贵出身、男德女德，而是才华横溢不可逼视。试才题对额，魁夺菊花诗，才子才女，全无藏拙之念，炫才之忌，一往不复，夺目照人。穿着饮食，尤其余事，我以为。

香港歌手许冠杰有首歌叫《最喜欢你》，林振强作的歌词，你俩听过没？我觉得用来描述宝黛爱情，很是恰当：

爱看天上鸟飞　爱看海浪跳起
亦爱望星空千里
但我更加喜欢踢着雨花
跟你望雨点翻飞

我爱秋叶四飞　也爱冬日雪飞
亦爱夏天多朝气
但我始终不分暖夏冷冬
都也是最喜欢你

原因好简单皆因你真
天生不爱做戏　永远也做回自己
原因好简单开始至今
天天双眼亮起　皆因所见是你

我已不大记起　也懒得问究竟
在那日开始想你
现我只知相识那日计起
都也是最喜欢你

宝黛爱情的核心，就是一个"真"字，"天生不爱做戏"。宝钗作为黛玉的对照组（判词曲子都是合写的），宝玉对她爱不起来的原因就是鲁迅说的"装腔"。有人可能会说，宝钗几次怼人，也很放飞呀，但那是曹公特意细写给你看的。宝钗给人的总体印象，还是凤姐说的"拿定了主意，'不干己事不张口，一问摇头三不知'"。宝钗的识大体顾大局，就意味着需要压抑自己、顺从规范。"空对着，山中高士晶莹雪；终不忘，世外仙姝寂寞林"，我第一次读，就觉得很讽刺，说宝钗是"山中高士"，让我联想到"终南捷径"，又想到"翩然一只云中鹤，飞来飞去宰相衙"。宝钗对社会与家庭权力的热衷是明显的，也是用心的。菊花诗，宝钗写不过黛玉——菊花那是陶渊明的标签，"好风频借力，送我上青云"的情感是很难与之相通的。但是螃蟹咏，不是通晓世事"翻过筋斗来的"宝钗，又怎么写得出"眼前道路无经纬，皮里春秋空黑黄"来？宝玉不喜欢的"世事洞明皆学问，人情练达即文章"，恰恰是宝钗的座右铭吧？

我想象不出宝玉宝钗怎样谈恋爱，话不投机半句多，光有"雪白一段酥臂"也是无用——曹公的偏心显而易见，他从不将这类基于欲望的凝视加诸黛玉,似乎是要保持宝黛之间超越身体,甚至超越性别的爱情。大家都遗憾黛玉身体不好,殊不知身体不好才是黛玉区别其他青年女性的一种特质。这涉及另一个命题——高贵的总是脆弱的,就像人类的文明。

曹公还有一偏心处,我也是这次重读才体悟到。《红楼梦》对所有人的塑造都是通过言行来描写勾勒,顶多是"独他与宝玉一样,心里越发没意思起来"(宝钗),"几时叫他死在我的手里,他才知道我的手段"(凤姐)一句带过。只有宝玉黛玉会有大段的内心戏,比如宝黛就"好姻缘"拌嘴,作者就忍不住破例插入一大段对二人的心理分析:

> 原来那宝玉自幼生成有一种下流痴病,况从幼时和黛玉耳鬓厮磨,心情相对;及如今稍明时事,又看了那些邪书僻传,凡远亲近友之家所见的那些闺英闱秀,皆未有稍及林黛玉者,所以早存了一段心事,只不好说出来,故每每或喜或怒,变尽法子暗中试探。那林黛玉偏生也是个有些痴病的,也每用假情试探。因你也将真心真意瞒了起来,只用假意,我也将真心真意瞒了起来,只用假意。

如此两假相逢，终有一真。其间琐琐碎碎，难保不有口角之争。

即如此刻，宝玉的心内想的是："别人不知我的心，还有可恕，难道你就不想我的心里眼里只有你！你不能为我烦恼，反来以这话奚落堵我。可见我心里一时一刻白有你，你竟心里没我。"心里这意思，只是口里说不出来。那林黛玉心里想着："你心里自然有我，虽有'金玉相对'之说，你岂是重这邪说不重我的。我便时常提这'金玉'，你只管了然自若无闻的，方见得是待我重，而毫无此心了。如何我只一提'金玉'的事，你就着急，可知你心里时时有'金玉'，见我一提，你又怕我多心，故意着急，安心哄我。"

看来两个人原本是一个心，但都多生了枝叶，反弄成两个心了。那宝玉心中又想着："我不管怎么样都好，只要你随意，我便立刻因你死了也情愿。你知也罢，不知也罢，只由我的心，可见你方和我近，不和我远。"那林黛玉心里又想着："你只管你，你好我自好，你何必为我而自失。殊不知你失我自失。可见是你不叫我近你，有意叫我远你了。"如此看来,却都是求近之心,反弄成疏远之意。如此之话,皆他二人素习所存私心,也难备述。

画外音结束,作者还要找补一句"如今只述他们外面的形容",代入感真是太明显了!只是如果沉浸式体验宝黛之爱的读者,可能意识不到?我读的时候觉得十分啰唆,有损《红楼梦》的简洁气质。

当然曹公有他的道理,他借开篇那位僧人的口说:"大半风月故事,不过偷香窃玉、暗约私奔而已,并不曾将儿女之真情发泄一二。"他要写出"儿女之真情",就不能不将聚光灯都打在宝黛二人身上,浓墨重彩地写二人欲说还休的心思。宝黛爱情一直能不被阅读者的世俗偏见压垮,恰恰可能就在于这份情感的抒写最厚重,也最真切。"微信读书"上关于《红楼梦》这几段的评论也多有代入感,"我与男友就是这样……",其实他们可能只有闹别扭的方式是一样的。

《红楼梦》的野心当然不仅限于为闺阁立传。20世纪90年代知识界喜欢讨论中国古代"道统"与"政统"之争,我也不妨说,在大观园的世界里,黛玉与宝钗分别代表了儒道互补的"道统"

与阳儒阴法的"政统"。黛玉葬花，是道家的风致，宝钗参政大观园，则是法家的手段。黛玉是出世的，超越功利与礼法，我既不能想象宝玉宝钗卿卿我我谈恋爱，也想象不出黛玉成为宝二奶奶，坐在堂上像凤姐那样发号施令，或是立在王夫人旁边小心地伺候婆婆，再抽空跟凤姐、李纨这些妯娌含沙射影、皮里阳秋。如果非要说钗黛合一，那或许最合适的配偶是婚前黛玉和婚后宝钗。

突然想起鲁迅对陈独秀与胡适的比较：

> 《新青年》每出一期，就开一次编辑会，商定下一期的稿件。其时最惹我注意的是陈独秀和胡适之。假如将韬略比作一间仓库罢，独秀先生的是外面竖一面大旗，大书道："内皆武器，来者小心！"但那门却开着的，里面有几枝枪，几把刀，一目了然，用不着提防。适之先生的是紧紧的关着门，门上粘一条小纸条道："内无武器，请勿疑虑。"这自然可以是真的，但有些人——至少是我这样的人——有时总不免要侧着头想一想。

可能正是不喜欢这种闭门低调的做派，鲁迅对于胡适的看法大抵负面（他历来讨厌"做戏的虚无党"，或许是这样看胡适）。我们后来看胡适自述，讲小时候深受母亲教训"世间最下流的事莫如把生气的脸摆给旁人看"，大概能理解胡适保持优雅宽容的艰难努力。但鲁迅显然跟宝玉一样，是不喜欢这种"装腔"的，也揶揄过胡适将日记拿来出版。

"真情"真的是可以超越性别等束缚的。黛玉对宝玉唯一的一次"规劝"，是在宝玉被打得起不了床时，那也是宝玉少有的驳回：

> 此时林黛玉虽不是嚎啕大哭，然越是这等无声之泣，气噎喉堵，更觉得利害。听了宝玉这番话，心中虽然有万句言词，只是不能说得，半日，方抽抽噎噎的说道："你从此可都改了罢！"宝玉听说，便长叹一声，道："你放心，别说这样话。就便为这些人死了，也是情愿的！"

"你放心"在这里似乎有点儿突兀，其实是"儿女之真情"的又一次确认。虽然我是将《红楼梦》当成清代百科全书来读的，但我也不能不承认，宝玉黛玉对真情、对自由如此决绝的追求与坚守，是《红楼梦》无比动人的地方之一。他们的主张，是没办法大声说出来的，就只能在手帕上题的诗里、在伤春悲秋的哀鸣中、在彼此拉扯的倾诉中、在死生以之的自毁里，将此真情"发泄一二"。情痴情种是他们，逸士高人是他们，他们是高贵的，但也是脆弱的。满纸荒唐言与一把辛酸泪，配成了世俗之外的秘密，在每个解得其中味的人的内心里流传。

晓蕾、秋水，我小时候看"三言二拍"，对《俞伯牙摔琴谢知音》印象深刻，尤其是末尾的那首诗，现在还能背诵：

> 摔碎瑶琴凤尾寒，子期不在对谁弹！
> 春风满面皆朋友，欲觅知音难上难。

我曾祖父曾对祖父说："交几个'窝子鸡'的朋友，患难时可以互相帮助。"祖父后来说："在人生的漫长旅途中，一般的朋友很多，但真正经得起考验的知己难求。"也难怪鲁迅会赠瞿秋白这样一副联语：

> 人生得一知己足矣，
> 斯世当以同怀视之。

这副对联的原作是清代学者何瓦琴。古往今来，大概很多人心中都有这样的需求吧？黛玉生如春花，但总算拥有过这样的知己，宝钗、湘云、探春呢？她们想要过这样的知己吗？她们能得到这样的知己吗？

　　即请

文安

杨早

2023年2月9日

庄秋水

真正活过的诱惑

第十二封信

晓蕾、杨早：

看到杨早上封信关于"知音"的记忆，我想起了小时候印象极深刻的一个片段：一个风姿绰约的女子在船内抚琴，突然间一根琴弦断裂，她美丽的面庞陷入了深深的哀恸。船行过水面，绿竹迤逦而过，这时候响起了一阵婉妙的歌声："山青青，水碧碧，高山流水韵依依……"

这是1981年上映的一部电影《知音》的结尾，导演谢铁骊，女主人公由张瑜扮演。我想不起来是在什么时候看的，按照时间推断，能够在我们乡下的露天上映，当在1981—1982年左右吧。我那时候也只得五六岁，所以记忆中唯一留存的，就是这个抒情氛围浓厚的结尾，小小孩童似乎也能领略到影像弥散出来的哀情。除此之外，故事完全忘记了，关于这部电影的其他信息，比如主线故事蔡锷和小凤仙的爱情、袁世凯称帝等，都是长大后方了解到的。片尾曲《知音》是歌唱家李谷一所唱，后来还上过1983年的春节联欢晚会。"人生难得一知己，千古知音最难觅"这句,和杨早引《俞伯牙摔琴谢知音》诗,以及鲁迅赠给瞿秋白的对联"人生得一知己足矣,斯世当以同怀视之"恰是挪用,或者说阐发。我后来听过很多遍,但始终也找不回幼年时那种深邃入骨的凄美之感。

这当然是一脉相承的"知音"文化。"高山流水遇知音",从俞伯牙和钟子期的以音乐论交(即"知音"的本义),到发展出一种独特的文艺批评,比如刘勰《文心雕龙·知音》里说,"音实难知,知实难逢;逢其知音,千载其一乎";陶渊明也说:"奇文共欣赏,疑义相与析。"更进一步是个体与个体之间的惺惺相惜,彼此之间流溢着赏识与赞美。说真的,这是我最欣赏的传统文化之一,是作为一个社会人,少数剥除群体身份、角色扮演之外,个体之间的双向奔赴。我们读《红楼梦》,用的是脂评本,最早在读者间流传的书名都叫《脂砚斋重评石头记》。脂砚斋肯定是曹雪芹的知音,也可以说是第一位"红学家"。

我现在读,尤爱看评语,其快乐大概和年轻人看剧发弹幕差不多。而且这位老兄(或者老姐)是个话痨,回前、回后、眉批、侧批和夹批,两千二百七十一条评语啊!想一想,看一部剧发上万字弹幕的工作量,是不是很惊人呢?大概只有批奏折动辄写数千字的雍正皇帝可以拼一拼了。脂砚斋究竟是谁？"红学家"们为此打了许多年笔仗。胡适说就是曹雪芹本人，也说可能是他身边的亲属；周汝昌力主就是史湘云的原型，后来成了曹雪芹的继妻。周汝昌的一个论据倒还蛮有意思，他说第四十九回提到"一个带玉的哥儿和那一个挂金麒麟的姐儿"在商议吃生肉，是借由李婶娘之口，点出真正的金玉良缘，而薛家的是假金。不管是谁，脂砚斋无疑是深度嵌入曹雪芹生命的一个人，他能点化出作为小说素材的生活经验，又能做出一些独具见解的论断，如第一回里的眉批：

> 事则实事，然亦叙得有间架、有曲折、有顺逆、有映带、有隐有见、有正有闰，以至草蛇灰线、空谷传声、一击两鸣、明修栈道、暗渡陈仓、云龙雾雨、两山对峙、烘云托月、背面傅粉、千皴万染诸奇。书中之秘法，亦不复少。余亦于逐回中搜剔剜剖，明白注释，以待高明，再批示误谬。

这段特别重要的提示，是说《红楼梦》作为一部小说的构筑"建材"和"法式"，也就是曹雪芹本人的技艺，何尝不是脂砚斋作为知音，发展营造出的一个独特空间——一个由记忆、美学、批评编织的异度空间。曹雪芹何其幸得此知音，脂砚斋何其幸得此知音。鲁迅曾说："文学虽然有普遍性，但因读者的体验的不同而有变化，读者倘没有类似的体验，它也就失去了效力。"那么，脂砚斋可以说是最理想的元读者了，因为他的体验接近元体验。在批语中常常看得到他们共同的记忆。"非经历过如何写得出！""非经历过者，此二句则云纸上谈兵。过来人那得不哭！"脂砚斋反复强调作家身经目睹的生活经验对这部巨著的重要性，"《石头记》得力擅长，全是此等地方"，而他作为亲历人的见证者，真真的"身受"且"感同"，故而总能抓到极紧要、极精彩处。

　　上封信里，我说过宝黛这种知己之爱，一直被我视作爱的天花板。这次看到杨早的阐释，真的很开心。在我印象中，大部分男性不喜欢宝黛组合，可能还是出于实用主义的单一视角。杨早说他俩是超越性别规范的"真"爱，我深以为然；"高贵的总是脆弱的"也对，但我觉得，此种爱既脆弱又坚韧。这是一种灵魂的果实，但凡曾结出来过，必垂下永恒的光芒，遍布于时间铺陈的荒原。想想人一生，侍奉自己这具永不餍足的躯体，已经耗尽了大部分心力，即便看上去华丽无比，也是孤独荒寂的。一个人真正活过，是多么大的诱惑啊。现在老批评年轻人缺少追求无意义感，我觉得也是中老年人的傲慢。意义必然是在更自由的层面，和人的生活体验相关联，否则它就是沉默、静止的东西。

晓蕾比较甄宝玉和贾宝玉，我觉得是很有意思的一个点。现在喜欢读穿越文的年轻人，希望替代宝玉，回到某个时间点，幡然悔悟，读书、科考、积攒人脉、显亲扬名，挽救家族于颓势。这一切，甄宝玉其实已经做到了。所以说，高鹗老师也是位爽文作者呀。贾宝玉和甄宝玉，谁过的是有意义的人生？生命中拥有过黛玉和不曾拥有过黛玉，有什么本质的区别吗？帕斯捷尔纳克说："只有在我们能爱别人，并且有机会去爱的时候，我们才成为人。"如果人爱的只是一些物质，并且也没有爱的机会，怎么办？这些都是没有答案的问题，却总是在一生中萦绕不去。

今年春节我在先生老家，与他家亲戚一起吃饭聊天。在他们眼里，最可怕的惩罚是三代不能考公，所以那些因一时冲动可能造成这种后果的年轻人都是傻。我忽然想到宝玉总是被府里府外的人认为傻。傅秋芳家的婆子说他"外像好里头糊涂，中看不中吃的，果然有些呆气"，小厮兴儿的评价是"外头人人看着好清俊模样儿，心里自然是聪明的，谁知是外清而内浊"。可见宝玉的处境不只是他自己的处境，是任一时代任一地方与众不同的年轻人的困境。晓蕾说人到中年，越来越理解贾政，我和杨早对此更是身受之、感同之。作为开明派父母，孩子打不得骂不得，讲理讲不通，以身作则半点儿没用，我和先生时有抱头痛哭的冲动（伴随而来的是我们成了同一战壕的战友，结下了深厚的战斗友情，互为后盾）。不过我也总能自我纾解，每个人都有他自己的路要走，即便全依靠父母和社会的所谓真知灼见，也未见得必然成才，必然成功，更遑论必然幸福。以宝玉（或曹雪芹本人）论，即便他如贾政要求的那样读书上进，如宝钗等所期待的那样留意经济学问，他就必能有所成吗？清代从顺治三年（1646年）开科取士，至光绪三十年（1904年）止，各种正科、恩科、特科，进士总共两万六千三百九十一名。读书科考这条路更是窄门，有清一代，鄙省山西出了一千四百一十七名进士。我若穿越回去，做一读书男儿，必是落第秀才，要考中举人那都是祖坟冒青烟了。贾政像现在的老父亲，自己本想科甲出身，结果因父荫直接进入官场，希望最聪明的儿子去实现未竟的梦想。其实贾政自己真要去参加科考，能不能中还未可知呢。

晓蕾批驳了"贾宝玉长大以后就是贾政"的说法，说贾政"缺少了对生命的省察和觉悟"，我觉得倒也未必。你们还记得第二十二回"制灯谜贾政悲谶语"吧。上元节，宝玉和姐妹们都制作了灯谜，元春的谜底是爆竹，迎春是算盘，探春是风筝，惜春是海灯，宝钗是更香。贾政觉得这些都是不祥之物，悲从中来，"回至房中只是思索，翻来覆去竟难成寐，不由伤悲感慨"。我们都记得鲁迅那句关于《红楼梦》的著名评论："悲凉之雾，遍被华林，然呼吸而领会之者，独宝玉而已。"其实，从此回看，贾政也感受到了这份盛极而衰的悲凉，那不仅仅来自府里的经济状况，大家族的儿孙无能，也构成了这种难以言表的悲凉气氛。作者借灯谜再度揭示这些年轻人的命运，而贾政捕捉到了这份阑珊——似乎在热闹和繁华背后，站着一个手拿小榔头的人，突然敲门提醒说：在这繁盛背后，不幸和衰败一定会来到，团聚和美满必接着离散与哀愁。贾珍、贾赦、贾蓉、贾琏之流，知晓园子里进项少了，办大事缺钱了，和顶级资源距离远了，但他们都感受不到那个敲门声。所以，我猜贾政在十来岁的时候，对世界、对人也和宝玉一样明敏，只不过他早早放弃，主动钻入了套子里。他的诗酒风流也是规规矩矩的文人标配，婚姻是经典的贤妻美妾模式，社会规范成了他本能意向的极限。这样，他周围的生活开始模式化，看上去他和其他人交往，方正做官、教养子女，但本质上他处于一种闭关自守的隔绝状态。他还会竭力把这种状态扩大到周围的一切事物上。

第十七至十八回"大观园试才题对额，荣国府归省庆元宵"，对此有极好的展示。这两回极有趣，贾政带着清客和宝玉逛大观园，可谓"中式家长"的面目完全暴露——从不当面夸孩子，哪怕心里满意，也要责备几句；又要对外展示孩子多才多艺，得旁人赞赏。靠贾政吃饭的清客们深得其趣，一路上抬轿子、搭梯子，哄东家开心。贾政喜欢稻香村：

> 倏尔青山斜阻。转过山怀中，隐隐露出一带黄泥筑就矮墙，墙头皆用稻茎掩护。有几百株杏花，如喷火蒸霞一般。里面数楹茅屋。外面却是桑、榆、槿、柘，各色树稚新条，随其曲折，编就两溜青篱。篱外山坡之

> 下,有一土井,旁有桔槔辘轳之属。下面分畦列亩,佳蔬菜花,漫然无际。

连元春也说太奢靡的大观园,突然出现这样的田园风光,确实喜人,难怪贾政说勾起了自己的归农之意。簪缨世族家的子弟如此说,相当于开跑车的人,有天看到双层巴士,觉得真有意思,哪天去坐坐。

最好玩的是接下来一段:

> 说着,引入步入茆堂,里面纸窗木榻,富贵气象一洗皆尽。贾政心中自是欢喜,却瞅宝玉道,"此处如何?"众人见问,都忙悄悄的推宝玉,教他说好。宝玉不听人言,便应声道:"不及'有凤来仪'多矣。"贾政听了道:"无知的蠢物!你只知朱楼画栋、恶赖富丽为佳,那里知道这清幽气象。终是不读书之过!"

这相当于自己玩 COSPLAY(角色扮演)上瘾,别人都得跟着进入他的状态。清客们会凑趣,偏偏宝玉不买账。现代人会说清客们有职业操守,而宝玉同学情商不高。不过我每次看到这里,宝玉怼他爹一气呵成，就哈哈大笑。

我引用这段，不是鼓吹小孩怼家长。作为经常被小鱼儿怼的那个人，我恨不得踢她两脚。我想指出的是贾政这个人的闭关自守。他的路，规整、安全，不是说不对，但全是这样的人，何来创新？即便是守成，也是要在进取中方守得住。主流读者埋怨宝玉无成，试想想，贾政在官场中历练多年，当大厦将倾，他又做了什么？在这个维度上，他和宝玉一样地无能无用。救势的人，非大英雄不可，活在套子里的人大概率成不了大英雄。"置之于万万人中，其聪俊灵秀之气，则在万万人之上；其乖僻邪谬不近人情之态，又在万万人之下"，此等人旁逸斜出，不走寻常路，眼界辽阔、精神活跃，倒还可能成就一番伟业。

杨早在信里说起贾雨村对黛玉的影响。我们仨有次聊天，说到这个话题，我记得我说贾雨村确实是个厉害人物，他和冷子兴的对话、和甄士隐的交往、对贾家的奉承，都能看出这个人有见识、有手段、有能力，一旦彻底放下良知，必然也是爬得快的能吏。抛开道德评价，他才是主流读者心目中的能人，是贾府需要但缺失的后继者。贾雨村算是宝玉的半个知音，宝玉的另一个知音是尤三姐。第六十六回，对着尤氏姐妹，兴儿说了一番笑话宝玉的话，那句"倒难为他认得几个字"真真让人展颜。原来在下层奴仆那里，宝玉也就这个水准了，可见所谓社会评价的不靠谱。说宝玉糊涂，尤三姐不以为然："我冷眼看去，原来他在女孩子们前不管怎样都过的去，只不大合外人的式，所以他们不知道。"说宝玉只是"不大合外人的式"，真是一针见血的评价。

如今人生行至过半，我觉得"外人的式"重要，也不重要。重要，在于人首先得维护身体这个载体的正常运作，故必得维持自己和家人的基本生存，少不了与世浮沉。不重要，在于人在更大的法则下求存，上有难测之天道，下有无情之制度，若都安于一个个套子，生下来便受管制，那就只能在反复循环中谋求上位者的残羹冷炙而已。我一向认为曹家家败之后，雪芹已做得很好，他的家族命运非个人努力可改变，我们在下封信里可以探讨。

人如何度过这一生才是有意义的？这是古老哲学便探讨的问题。古希腊的智者泰勒斯行于旷野，抬头看天，因为过于专注，不小心掉进水坑，旁人讥笑他，想了解天上的事，却不知道脚下是什么。我想的是，如果一直在坑里，就不会掉坑里，当然也不会知道外面还有不是坑的地方。

我在回这封信的时候，又听了很多遍《知音》。许多年之后，还觉得很好听，小时候的电影画面又浮现了。晓蕾说文学抵抗遗忘，实际上不止文学，历史、艺术，所有这些关于人的创造，都在定义人、创造人、成就人。回想起当年在那般贫瘠之地读《红楼梦》，纸上梦游，吃着土豆，想着茄鲞；住在陋室，随宝玉游览大观园；身披旧衣，想象脂粉香娃，那种欢悦，似露珠一般注入心灵，竟成勃发之势，让一粒粒种子得以抽芽吐穗。

春天快来了，安啦！

秋水

2023 年 2 月 11 日

婚姻是《红楼梦》的主线?

第五辑

杨早

贾宝玉为什么恐婚？——

第十三封信

晓蕾、秋水：

咱们在上周六的活动中谈"大观园里的恐婚症与好嫁风"，固然是基于时下热点，但确实也可借此梳理《红楼梦》里诸人的婚姻观与婚姻实践。

那天秋水基于"《红楼梦》的两个世界"一说，提出"婚姻是连接《红楼梦》两个世界的线索，也是整部《红楼梦》的主线"。这句话我只同意一半，《红楼梦》的主线不止婚姻，还有"诸情"。

我导师陈平原先生在《中国散文小说史》里说，《红楼梦》最大的野心与贡献，便是对清初风月传奇的超越。风月传奇听上去脱离现实，但它的思维逻辑是非常现实的："叙事模式，可以概括为如下几点：出身名门，自然多才多艺；男才女貌，不妨一见钟情；小人拨乱，于是多灾多难；科场得意，终于奉旨成婚。家庭背景与文化教养，只需一笔交代；既然有情人终成眷属，奉旨成婚后便无文章可作。"用小说家的话说，便是"才子佳人，不经一番磨折，何以知其才之愈出愈奇，其情之至死不变耶？"。

风月传奇的"奇幻"，在于才子佳人之难得，而"奉旨成婚"更是南柯梦事。但它们的价值取向是一致的：功名利禄、儿女富贵，最终一定要合为一体。这就是"大团圆"模式。

偏偏《红楼梦》不然，从第一回便已奠定了"真""幻"对照的叙事策略。因为此书写的是家族主题，其"真"便是婚姻大事与家族的延续发达，其"幻"不只爱情，而是非婚姻的种种情事，手足情、朋友情、主仆情，皆在其中。

我的观点与"《红楼梦》的两个世界"一说相异之处在于，余英时指称的两个世界，是现实世界与理想世界，基本是一个空间概念。我想说的"真""幻"两个世界，则是两种体系，是空间，更是时间。

为"真"的是婚姻世界。咱们仨那天也聊到，七〇后接受的伦理教育里，"不婚"不是一个正常的可选项。咱们尽管淋了一身西窗雨，到了适婚的年龄，心里想的仍然是"顺其自然"，即结婚未必不好，不结婚也未必坏。这说明咱们对婚姻的看法是中性的。

然而，在《红楼梦》的时代，"男大当婚，女大当嫁"是天经地义的，甚至是一个比"男尊女卑"更难撼动的法则。前现代社会里，婚姻的功能绝不包括个人的幸福（当然如果降低标准，"嫁汉嫁汉，穿衣吃饭"与"点灯，说话儿；吹灯，做伴儿，明早起来梳小辫儿"也是一种幸福的指数提升），婚姻更多的功能是扩大家族利益，联姻是政治或经济同盟的最佳途径，早婚乃至多配偶，是传宗接代的优化方案，而亲戚之间守望相助，子侄之中择优扶持，则是大家族长盛不衰的保障手段。

贾府三代俱有婚姻，但通篇第一桩被书写的婚姻出自第二回的冷子兴口中。他跟贾雨村讲了一大通宝玉如何重女轻男、如何作妖之后，忽然补了一段：

> 若问那赦公，也有二子，长名贾琏，今已二十来往了，亲上作亲，娶的就是政老爹夫人王氏之内侄女，今已娶了二年。这位琏爷身上现捐的是个同知，也是不肯读书，于世路上好机变，言谈去的，所以如今只在乃叔政老爷家住着，帮着料理些家务。谁知自娶了他令夫人之后，倒上下无一人不称颂他夫人的，琏爷倒退了一射之地：说模样又极标致，言谈又爽利，心机又极深细，竟是个

男人万不及一的。

王熙凤似乎可以用来佐证贾宝玉"女儿是水作的骨肉,男人是泥作的骨肉。我见了女儿,我便清爽;见了男子,便觉浊臭逼人"的观点,但看过书的读者知道绝非如此,王熙凤与贾琏的婚姻不过是"高门嫁女"的性转版。王熙凤固然是"凡鸟偏从末世来,都知爱慕此生才",但她欺压丈夫的底气是从娘家与嫁妆来的,第七十二回夫妻打牙巴官司:

> 贾琏笑道:"你们太也狠了。你们这会子别说一千两的当头,就是现银子要三五千,只怕也难不倒。我不和你们借就罢了。这会子烦你说一句话,还要个利钱,真真了不得。"凤姐听了,翻身起来说:"我有三千五万,不是赚的你。如今里里外外上上下下背着我嚼说我的不少,就差你来说了,可知没家亲引不出外鬼来。我们王家可那里来的钱,都是你们贾家赚的。别叫我恶心了。你们看着你家什么石崇邓通。把我王家的地缝子扫一扫,就够你们过一辈子呢。说出来的话也不怕臊!现有对证:把太太和我的嫁

妆细看看，比一比你们的，那一样是配不上你们的。"

凤姐的跋扈、贾琏的赔笑，不仅不能证明红楼世界里的女权张扬，反而再次让人看清了婚姻的本质在于利益。第四十四回凤姐生日，贾琏突然起了心，让人叫来鲍二家的，白昼宣淫。偏偏凤姐多喝了几杯想回屋歇息，撞个正着，窗外听到两人密语，提到"把平儿扶了正，只怕还好些"，凤姐大发作，酿成好一场风波。其中贾琏说的这句话，以前我轻轻放过了："他死了，再娶一个也是这样，又怎么样呢？"何等的委屈，何等的绝望。

贾琏固然不是什么好人，但婚姻如此让他沮丧畏惧，还不能说明贾府婚姻的就里吗？贾母后来的宽慰之辞："什么要紧的事！小孩子们年轻，馋嘴猫儿似的，那里保得住不这么着。从小儿世人都打这么过的。"其实是说，婚姻强迫了人家，这方面就开点儿口子，也算是一种补偿吧。

而贾琏次日酒醒，"想昨日之事，大没意思，后悔不来"。为什么没意思？后悔什么？对于他这样的贵族男性，婚姻还是留下了泄欲的口子，只别太过，伤及婚姻的基础，否则，母老虎固然不依，家族掌事的也难打好圆场。贾琏后来劝凤姐的话也可以证明：

> 你还不足？你细想想，昨儿谁的不是多？今儿当着人还是我跪了一跪，又赔不是，你也争足了光了。这会子还叨叨，难道还叫我替你跪下才罢？太要足了强也不是好事。

这话把凤姐说得无言以对。为什么贾琏偷人，还是凤姐的不是更多？无非是男性被默许拓展妻妾之外的性资源，也有利于传宗接代。贾琏的错在于"成日家偷鸡摸狗，脏的臭的，都拉了你屋里去"，而凤姐的大闹，严格说起来可归于"妒忌"，属"七出"之条。凤姐的判词"一从二令三人木，哭向金陵事更哀"，有人解"人木"为"休"，意思是最终强如凤姐，还是逃不掉被休的命运。理由呢？无子、妒忌，这都是列于"七出"的。当然凤姐后来设计害死尤二姐，甚至挑唆张华告贾琏"国孝家孝之中，背旨瞒亲，仗财依势，强逼退亲，停妻再娶"，将个人私恨凌驾于家族利益之上，确乎难以为世所容。靠山一倒，难免被丈夫所弃。

《红楼梦》开篇之时，贾琏和凤姐已经结婚两年，在这一代年轻人里，这是唯一存在的婚姻

（贾珠早逝，李纨是单身妈妈）。贾宝玉、林黛玉及所有姐妹丫鬟，目睹的不是贾赦与邢夫人那样的"一头沉"婚姻（贾珍与尤氏基本也是这种），就是贾政那样的诈尸式育儿——平时管不着，偶尔大发作，王夫人则是偏心到肋骨里去。秦可卿与贾蓉看上去没问题，有些说不清道不明的传闻总归挥之不去（"合家皆知，无不纳罕"）。总之，要说这些婚姻能带给年轻人什么美好的家庭想象，我是不信的。

荣国府里两个恐婚的典型，一是贾宝玉，一是鸳鸯。有意思的是，这俩都是贾母身边的人。再加上一个林黛玉，虽然没有恐婚的言辞，但似乎对婚姻大事也没什么兴趣。简直让人怀疑老太太平时都怎么跟他们谈论婚姻的！

鸳鸯跟宝玉的恐婚又不同，她对未来婚姻的畏惧完全是基于现实。第七十回提到：

> 又有林之孝开了一个人名单子来，共有八个二十五岁的单身小厮应该娶妻成房，等里面有该放的丫头们好求指配。凤姐看了，先来问贾母和王夫人。大家商议，虽有几个应该发配的，奈各人皆有缘故：第一个鸳鸯发誓不去。自那日之后，一向未和宝玉说话，

也不盛妆浓饰。众人见他志坚,也不好相强。

虽然不知道鸳鸯的具体年龄,但从这里可以看出,她属于"应该发配"的了。发配是指派的,哪由得你眼里生张熟魏,而且是二十五岁的单身小厮。老太太身边的第一大丫头金鸳鸯,忍得下这样的盲婚哑嫁乎?我估计贾赦也是觑准了这个当口,才敢派邢夫人来说项。鸳鸯的哥哥嫂子也是觉得这妹子价值渐失,才上赶着逼她去做姨娘。

当然,老太太多年用鸳鸯顺手,未必会如此薄待她。更大的可能是"返聘"几年,等到老太太自知不起,因疼爱她,"将来自然往外聘作正头夫妻去"。问题是,那也不是鸳鸯自己能挑选配偶的,更何况还有贾赦这"老不修"在那里虎视眈眈呢!所以鸳鸯只能以死明志。但是后四十回中,贾母居然一直没有安排这位大丫头,由得她在自己死后殉主,这不大合道理。或云贾府被查抄之后,已顾不上这些丫头的命运了,袭人不就发嫁给蒋玉菡了吗?但是贾母无一语及此,总让人觉得不大对路。

楼上的贾宝玉则不是鸳鸯那等奴才可比的。他的恐婚,是打心眼儿里认为婚姻制度扼杀人性,尤其是女性的美好。一般人总传贾宝玉说女人嫁之前是珍珠，嫁之后是鱼眼睛。这说法不太符合原文，原文是这样说的：

> 春燕笑道："他是我的姨妈，也不好向着外人反说他的。怨不得宝玉说：'女孩儿未出嫁，是颗无价之宝珠；出了嫁，不知怎么就变出许多的不好的毛病来，虽是颗珠子，却没有光彩宝色，是颗死珠了；再老了，更变的不是珠子，竟是鱼眼睛了。分明一个人，怎么变出三样来？'这话虽是混话，倒也有些不差。别人不知道，只说我妈和姨妈，他老姊妹两个，如今越老了越把钱看的真了。"

女孩儿们出了嫁，会添出许多"不好的毛病"，这当然就是家庭与社会造成的桎梏与改变。"再老了"，一是意味着老于世故，二是更现实了，无情无义，只剩粗鄙的自私。第七十七回，宝玉救不得司棋，婆子们还落井下石，枪口并不肯抬高一丁点儿。于是宝玉大恨：

> 宝玉又恐他们去告舌，恨的只瞪着他们，看已去远，方指着恨道："奇怪，奇怪，怎么这些人只一嫁了汉子，染了男人的气味，

> 就这样混帐起来，比男人更可杀了！"守园门的婆子听了，也不禁好笑起来，因问道："这样说，凡女儿个个是好的了，女人个个是坏的了？"宝玉点头道："不错，不错！"

宝玉将这些女性的混账，归结为"染了男人的气味"，这与"女儿是水作的骨肉，男人是泥作的骨肉。我见了女儿，我便清爽；见了男子，便觉浊臭逼人"如出一辙。其逻辑是将性别本质化，将普天下女子都视为清洁的造物，而男子是污染她们的源头。这种时候我们会很容易想到"红颜祸水"的传统论调，似乎宝玉只是在做一个反转，颠倒时论而已。

第一〇六回里，宝玉听说史湘云嫁人，还有一番惆怅："为什么人家养了女儿到大了必要出嫁，一出了嫁就改变。史妹妹这样一个人又被他叔叔硬压着配人了，他将来见了我必是又不理我了。我想一个人到了这个没人理的分儿，还活着做什么。"考虑到后四十回的作者之争，内容也没什么新意，这里聊作参考。

然而这段话很直白，提的是"为什么大了要出嫁"的问题。贾宝玉不应该是贞操至上论者，不会认为嫁人的差别在于是否是原始社会在乎的

处女,他在意的是"一出了嫁就改变"。要知道宝玉心中的幸福世界是:

> 比如我此时若果有造化,该死于此时的,趁着你们在,我就死了,再能够你们哭我的眼泪流成大河,把我的尸首漂起来,送到那鸦雀不到的幽僻之处,随风化了,自此再不要托生为人,就是我死的得时了。(第三十六回)

后面又说"从此后只是各人各得眼泪罢了"。在宝玉看来,象征着冰清玉洁的女孩子们要嫁人,这是社会的制度性罪恶,无法可想,也无力改变。他的梦想,只是这些他爱的、爱他的女孩子们都在,此时便如天堂一样。对于被寄望光大门楣的宝二爷来说,此时便是永恒,他没有未来,也不要未来。因此宝玉的开场词便说"于国于家无望"。第六十二回宝玉说出了著名的"二世祖"言论:

> 宝玉道:"你不知道呢。你病着时,他干了好几件事。这园子也分了人管,如今多掐一草也不能了。又蠲了几件事,单拿我和

凤姐姐作筏子禁别人。最是心里有算计的人,岂只乖而已。"黛玉道:"要这样才好,咱们家里也太花费了。我虽不管事,心里每常闲了,替你们一算计,出的多进的少,如今若不省俭,必致后手不接。"宝玉笑道:"凭他怎么后手不接,也短不了咱们两个人的。"

宝玉不是不懂事,他是真不想长大。长大了,姐姐妹妹们都要嫁人,都要变死珠。长大了,他就要变成伯父、父亲那样的人。夫人可能是薛宝钗(我认为宝玉没有想过跟黛玉结婚过日子,搁现在他俩会是同居不婚的丁克),姨娘有袭人、麝月,元春不死恩宠尚在的话,保不齐傅试之流还会送妹子来当妾。每日家里鸡飞狗跳、拈酸吃醋,出门与同僚清客大谈海晏河清天子圣明。这样的未来,要它做什么呢?

宝玉有着时代的局限,他骂不出他想骂的话。两百年后,一个叫傅斯年的人帮他说出了心里话。在1919年1月1日出版的《新潮》第一卷第一号上,北大学生傅斯年发表了《万恶之原》。文中直接挑明:

请问"善"是从何而来?我来答道,

"善"是从"个性"发出来的。没有"个性"就没有了"善"。我们固然不能说,从"个性"发出来的都是"善",但是离开"个性","善""恶"都不可说了。所以可以决然断定道,"个性"里面,一部分包罗着"善","非个性"里面,却没处去寻"善"去……

更进一层,必然"个性"发展,"善"才能随着发展。要是根本不许"个性"发展,"善"也成了僵死的、不情的了。僵死的、不情的,永远不会是"善"。所以摧残"个性",直不啻把这"善"一件东西,根本推翻。"善"是一定跟着"个性"来的,可以破坏个性的最大势力就是万恶之原。

然则什么是破坏"个性"的最大势力?

我答道,中国的家庭。

这篇文字直斥"家庭"是"万恶之原",我们看他指责家庭的理由,是不是宝玉兄痛恨、拒绝、逃避的根源:

简截说罢,西洋家庭教育儿童,尽多量材设教的。中国人却只有一条办法——教他服从社会,好来赚钱。什么叫做"个性",

他是全不明白。只把这一个法儿施用,成就他那"戕贼人性"的手段罢了。

中国人是为他儿子的缘故造就他儿子吗?我答道,不是的,他还是为他自己。胡适之先生曾有句很妙的形容语,说"我不是我,我是我爹的儿子"。我前年也对一位朋友说过一句发笑的话:"中国做父母的给儿子娶亲,并不是为子娶妇,是为自己娶儿媳妇儿。"这虽然近于滑稽,却是中国家庭实在情形。咳!这样的奴隶生活,还有什么埋没不了的?

如果《红楼梦》全是写实,那也只是反照风月传奇而已。曹雪芹没那么简单,《红楼梦》里有着一个梦幻世界,洋溢着美好的世界。那不是太虚幻境,而是第四十九回的"琉璃世界白雪红梅,脂粉香娃割腥啖膻"。作者从未在别处如此加意地写姑娘们的穿着,姑娘们那没有拘束的欢乐:

> 黛玉换上掐金挖云红香羊皮小靴,罩了一件大红羽纱面白狐狸里的鹤氅,束一条青金闪绿双环四合如意绦,头上罩了雪帽。
> 二人一齐踏雪行来。只见众姊妹都在那

边,都是一色大红猩猩毡与羽毛缎斗篷,独李纨穿一件青哆罗呢对襟褂子,薛宝钗穿一件莲青斗纹锦上添花洋线番耙丝的鹤氅;邢岫烟仍是家常旧衣,并无避雪之衣。一时史湘云来了,穿着贾母与他的一件貂鼠脑袋面子大毛黑灰鼠里子里外发烧大褂子,头上带着一顶挖云鹅黄片金里大红猩猩毡昭君套,又围着大貂鼠风领。黛玉先笑道:"你们瞧瞧,孙行者来了。他一般的也拿着雪褂子,故意装出个小骚达子来。"湘云笑道:"你们瞧我里头打扮的。"一面说,一面脱了褂子。只见他里头穿着一件半新的靠色三镶领袖秋香色盘金五色绣龙窄裉小袖掩衿银鼠短袄,里面短短的一件水红妆缎狐肷褶子,腰里紧紧束着一条蝴蝶结子长穗五色宫绦,脚下也穿着麂皮小靴,越显的蜂腰猿背、鹤势螂形。

这里特别聚焦的是黛玉与湘云(后面也是这两位妹妹联句,为大观园交响曲画上了休止符),最出风头的宝琴倒不过是"披着一领斗篷,金翠辉煌,不知何物"。还有姑娘小伙们那背着大人烧烤撸串的快乐,现在的年轻人都懂:

平儿也是个好顽的,素日跟着凤姐儿无所不至,见如此有趣,乐得顽笑,因而褪去手上的镯子,三个围着火炉儿,便要先烧三块吃。那边宝钗黛玉平素看惯了,不以为异,宝琴等及李婶深为罕事。探春与李纨等已议定了题韵。探春笑道:"你闻闻,香气这里都闻见了,我也吃去。"说着,也找了他们来。李纨也随来说:"客已齐了,你们还吃不够?"湘云一面吃,一面说道:"我吃这个方爱吃酒,吃了酒才有诗。若不是这鹿肉,今儿断不能作诗。"说着,只见宝琴披着凫靥裘站在那里笑。湘云笑道:"傻子,过来尝尝。"宝琴笑说:"怪脏的。"宝钗笑道:"你尝尝去,好吃的。你林姐姐弱,吃了不消化,不然他也爱吃。"宝琴听了,便过去吃了一块,果然好吃,便也吃起来。

一时凤姐儿打发小丫头来叫平儿。平儿说:"史姑娘拉着我呢,你先走罢。"小丫头去了。一时只见凤姐也披了斗篷走来,笑道:"吃这样好东西,也不告诉我!"说着也凑着一处吃起来。黛玉笑道:"那里找这一群花子去!罢了,罢了,今日芦雪广遭劫,生生被云丫头作践了。我为芦雪广一大哭!"

> 湘云冷笑道："你知道什么！'是真名士自风流'，你们都是假清高，最可厌的。我们这会子腥膻大吃大嚼，回来却是锦心绣口。"

也有酒，也有肉，也有诗，也有青春。过了今日，就算这些姑娘们如兴儿描述的凤姐屋里的丫头，"嫁人的嫁人，死的死了"，这些熠熠生辉的场面也会永远闪耀在旁观的那位少年心中，无论他是叫贾宝玉，还是曹雪芹。

这是我看见的《红楼梦》里的两个世界。你们呢？

等看你们的回信。

杨早

2023 年 3 月 6 日

庄秋水

故事如何收场?

—— 第十四封信

杨早、晓蕾：

上周六的沙龙聊得颇尽兴，除了没问出杨早的私人感受。这也在我的意料之中，男性擅于隐藏自己在亲密关系里最真实的感受，这也是被驯化的一种吧——畏惧发自情感最深处的表达，担心会被视作软弱或女性化。用上野千鹤子的话说，"恐弱"是"慕强"的翻版。在我认识的男性中，杨早是少数不"直男"的男性，却仍然无法摆脱此种文化禁忌。《礼记》上说："妇人，伏于人也。"毕竟两千年的父权文明，基于主从、尊卑、强弱关系的男女之别，已经内化为一种文化心理，一百多年的近代洗礼，尚不足以改换幽暗之域的历史无意识。

有意思的是，我们谈论的小说题材，在传统中国的文化序列里，正是处于边缘地位的表达。正统文章是文以载道式的，是正襟危坐、道貌俨然的高大上的输出，传奇、话本、小说这一类文体，不过是妇人草根们的消遣。小说成为改良、新民的工具，那是晚清才有的地位跃升。陈平原先生说《红楼梦》最大的野心与贡献，便是对清初风月传奇的超越。说起来，我也亲炙过陈先生的教诲。他曾谆谆告诫刚入大学的学生，读过去之书，应体贴作者所处时代的情境，有同情之理解。那是他对"什么都看不上""老师书单绝不读"的反叛年轻人的提醒：还是要多读经典，不要成为无源之水。

我也正是在大学时读了一些明清小说，印象最深的一本是《平山冷燕》。不晓得你们读过否？现在想想，那就是清初的爽文呀。两个十来岁的小姑娘，山黛和冷绛雪（名字也是爽文式的），天纵奇才，在一次次的考校中，"吊打"一众翰苑名公。反派人物愚蠢、贪婪、不学无术，在聪明的女主角和男主角面前，一再被碾压。小说结尾，双女主不仅名动天下，还获得了皇帝赐婚，和有情人终成眷属，这多像今天年轻人喜欢看的大女主爽文呀。以《平山冷燕》为代表的才子佳人小说，在明末清初极为畅销，一般被视作是对《金瓶梅》等狭邪小说的反动。曹雪芹在《红楼梦》第一回就批评这种类型小说：

> 至若佳人才子等书，则又千部共出一套，且其中终不能不涉于淫滥，以致满纸潘安、

子建、西子、文君，不过作者要写出自己的那两首情诗艳赋来，故假拟出男女二人名姓，又必旁出一小人其间拨乱，亦如剧中之小丑然。且鬟婢开口即者也之乎，非文即理。故逐一看去，悉皆自相矛盾、大不近情理之话。

不过，文化错位会带来全新的解读。其中一本名为《好逑传》的小说，在18世纪被翻译到欧洲，得到歌德的盛赞，被视作中国文化节制、理性精神的体现。这是文化陌生化后的奇观效应，但也不是全无道理，我当年读《平山冷燕》的时候就被深深吸引了。女性也可以是才华出众、顶天立地的；至于那种"不论贵贱好丑，但必才足相敌，方可结缡"的婚姻观，更与"嫁汉嫁汉，穿衣吃饭"的世俗看法背离。我觉得曹雪芹的批评，是在广泛阅读之后的批判性吸收。你们看他写宝黛之爱，正是两个才貌性情相匹敌的男女，在充满诗意的生活中，不断加深自我的认知，彼此探索对方的情感深度和心智结构。当然，才子佳人小说的套路化写作，限制了人物和故事的深度和广度。而《红楼梦》把青年男女从温柔敦厚的名教传统里拉了出来，或者说让主人公内心里的一切都解冻了，像春水一样流淌，所经之地，便形成一条条摇曳生姿的花河。

无疑,从主题选定、人物描摹到结构搭建,《红楼梦》是在才子佳人小说的堆积、拱举下诞生,成为峰巅式的存在。二者分道扬镳之处,最重要的点还是故事如何收场。才子佳人小说以科场得意、奉旨成婚作为故事终局的统一格式。这种制式输出,胡适说是"中国人思想薄弱的铁证":

> 做书的人明知世上的真事都是不如意的居大部分,他明知世上的事不是颠倒是非,便是生离死别,他却偏要使"天下有情人都成了眷属",偏要说善恶分明,报应昭彰。他闭着眼睛不肯看天下的悲剧惨剧,不肯老老实实写天工的颠倒惨酷,他只图说一个纸上的大快人心。这便是说谎的文学。(《文学进化观念与戏剧改良》)

鲁迅也言之凿凿:大团圆结局是中国人不愿意说出"人生现实底缺陷"的"互相骗骗"的文学。两位大师说得都对,但似乎又偏简单了。我以为,此种叙述模式背后蕴含着深层内涵,那就是用乌托邦式的幻想,抹平在社会上居于无权力地位的现实。而这种文化喜好,又强化了无权力的结构。

此种喜好带来的自我愉悦,可以视作一种心理按摩。

我上回说,婚姻是《红楼梦》两个世界的连接点。所谓理想世界和现实世界,不只指向空间,也是时段区隔。理想世界或可视作对人生充满想象和期许的少年时代,宝玉要得世上所有的眼泪,黛玉想要宝玉的真心,哪怕是一心要做姨娘的袭人,欲望也是率直质朴的。而现实世界却是赤裸裸的兽性般的贪婪,和美丽、洁净与诗意无关。宝玉对男性和已婚女性的厌恶,本质上就是对现实世界的拒斥。而他那段著名的女孩出嫁从"宝珠"变成"死珠",再到"鱼眼睛"的观点,正点出了婚姻作为两个世界的通道作用,灵动和生气也是在婚姻中逐渐丧失的。

杨早说《红楼梦》采用了"真"和"幻"的对照叙事策略:其"真"便是婚姻,其"幻"不只是爱情,而是非婚姻的种种情事,手足情、朋友情、主仆情,皆在其中。我赞同,又不全赞同。我觉得更精准的说法是"情"与"理"(法)。我们都知道"情"这个字在《红楼梦》中的地位,可以说是整部书最重要的一个字,《红楼梦》另有一名字就叫《情僧录》。第八回脂批有一句:"随事生情,因情得文。"可见,这部书就是以

"情"为核心而编织的。"情"可以在各种关系中存在,我把它定义为所有出自个体的、带有审美色彩的表达。至于"理",便是现实世界的法度和规矩,判断是非的标准。情和理,常常是不相容的,但情与理又是彼此杂糅相生的,不是绝对对立的,这便是悲剧之源。

《红楼梦》以宝、黛、钗为核心的婚姻叙事,组织起整部小说的结构。在它的世界里,婚姻是一种社会关系的交换。四大家族的"一损皆损,一荣皆荣",是以婚姻作为入口。所以我们仨都同意,贾母属意的孙媳妇人选,是黛玉而非宝钗,因为作为王家势力的代表,王夫人和凤姐已占据贾府的重要岗位。王夫人老成不张扬,凤姐则会张口说出"把我王家的地缝子扫一扫,就够你们过一辈子呢"这样招人恨的话来。

至于婢仆阶层的婚姻,则完全是主子们随口一句话的安排。说到这儿,我觉得贾琏此人,真有其他主子们不及的地方。他听林之孝说凤姐陪房旺儿家的儿子不成器,就想着不该把彩霞说给他,可见他也是认同林之孝的说法:"虽说都是奴才们,到底是一辈子的事。"贾府的婢女有三类:一类是契买奴仆;一类是家生女儿;一类是陪房,由婚姻关系陪嫁过来的奴仆。陪房的地位与主人的地位密切相关，比如周瑞家的是王夫人的陪房，他们的女儿就有机会跳出奴仆阶层，嫁给古董商人冷子兴。而管家林之孝的女儿小红，只是怡红院的小丫头。处于贱民地位的丫鬟们，可见的上升途径就是被主人看中，成为妾。这条路上的成功者之一便是赵姨娘。按照兴儿所说，贾府的规矩是男性主人长大了，先放两个人服侍（有点儿性启蒙的意思），所以我猜测赵姨娘作为家生女儿，应该就是贾政刚成年时的屋里人。她生育了一儿一女，堪称丫头阶层的"成功人士"。反面例子是香菱，她被薛蟠买来，先是丫鬟，后被收房做了妾，薛蟠娶妻后受尽折磨，按照判词来看，最终结局当是早死。

贾赦看上了鸳鸯，邢夫人劝她："你跟了我们去，你知道我的性子又好，又不是那不容人的人。老爷待你们又好。过一年半载，生下个一男半女，你就和我并肩了。"这话半真半忽悠。聪慧如鸳鸯，站在荣国府最高端的贾母身边，眼界开阔，手里掌握的信息又多，早早看出这条路径的凶险。比如赵姨娘，相貌肯定是不俗的，她生的女儿探春就很美，否则也不会被选中，还生育了男性后代，可是她在贾府的地位很尴尬，不止亲生女儿看不上，连仆人们也鄙视她。你们肯定也注意到，赵姨娘和贾政在一起，会说些贴心话，谈论儿女，更像是寻常夫妻。但赵姨娘的不堪，是长期处于半奴半主、不尴不尬地位后的"黑化"。探春不满她总是挑事，不像周姨娘那样安分守己，那是她作为尊贵的女儿家，不明白周姨娘没有生育子女，自然会安于身份。而赵姨娘，时时都被受宠的凤姐们提醒她的奴才出身，这是她难以忽略的巨大缺憾。这个人物扭曲的脾气、买凶伤人（马道婆的厌胜术）的行事，背后的逻辑都是她的不甘心。所以鸳鸯对一门心思当姨娘的袭人和身份尴尬的平儿说："你们自为都有了结果了，将来都是做姨娘的。据我看，天下的事未必都遂心如意。"这话真的很戳心呀。

丫鬟们视婚姻为阶层跃升的途径。在主子们看来，丫鬟们就是性资源或人矿——家生子们结婚后生下的仍是小奴仆。这些非常真实的存在，是"千红一窟""万艳同杯"的社会基础。这是《红楼梦》世界里的"理"或"法"，反抗者往往代价沉重。比如迎春的大丫鬟司棋，也是家生女儿，她不想被随便配个小子，爱上了同为仆人的表弟潘又安，甚至私下幽会。被发现后，两个青年男女得不到任何支持，表弟逃走、司棋被逐，最后以双双自尽作为终局。再以赵姨娘为例，她和贾政之间，可能比贾政和王夫人之间，更多一些情的成分，或许这也是她不能安于现状的原因之一。

爱、自由、现实，这是人类永恒的难题。杨早引傅斯年文，替宝玉一诉心声，说出"中国的家庭是万恶之源"这样激烈的话来。我总觉得宝玉是恐婚，而非反婚。他讨厌的是婚姻让人堕落，所谓"一出了嫁就改变"。如果宝玉是位作家，他的女主人公无论如何毁灭都归咎于婚姻的话，他会是中国的爱丽丝·门罗吗？他不会意识到，是现实生活的全部精神和结构扼杀了女性的灵动和想象力，至于婚姻，只是其中一个关键性的结构罢了。

所以，我倒是觉得一向被忽略的惜春，可能是看得最彻底的一位。

> 谁知惜春虽然年幼，却天生地一种百折不回的廉介孤独僻性，任人怎说，他只以为丢了他的体面，咬定牙断乎不肯。更又说的好："不但不要入画，如今我也大了，连我也不便往你们那边去了。况且近日我每每风闻得有人背地里议论什么多少不堪的闲话，我若再去，连我也编派上了。"

尤氏道："谁议论什么？又有什么可议论的！姑娘是谁，我们是谁。姑娘既听见人议论我们，就该问着他才是。"惜春冷笑道："你这话问着我倒好。我一个姑娘家，只有躲是非的；我反去寻是非，成个什么人了……"
……

尤氏道："你是状元榜眼探花，古今第一个才子。我们是糊涂人，不如你明白，何如？"惜春道："状元榜眼难道就没有糊涂的不成。可知他们也有不能了悟的。"尤氏笑道："你倒好。才是才子，这会子又作大和尚了，又讲起了悟来了。"惜春道："我不了悟，我也舍不得入画了。"尤氏道："可知你是个心冷口冷心狠意狠的人。"惜春道："古人曾也说的'不作狠心人，难得自了汉'。我清清白白的一个人，为什么教你们带累坏了我！"

第七十四回，因为绣春囊的出现，凤姐带着一众婆子们抄检大观园。惜春身边的大丫头入画，被发现私下传送，收了兄长的钱物。凤姐、尤氏均以为入画有错，但错不至必须驱逐，惜春则坚决拒绝。很多人因此批评惜春是个冷酷无情的人。其实仔细想想，惜春也算是寄居在大观园，她没有母亲，父亲根本不管她，哥哥嫂子也不是真心疼爱她。你看尤氏经常到荣府里，并没有特意去看小姑子。她没有享受到家人的关怀，却要承袭宁府里腐烂的气息，"我每每风闻得有人背地里议论什么多少不堪的闲话"。这对于一个洁身自好的小姑娘来说，是不能承受之重，这似乎成了她的原罪。这个小姑娘在大观园一众姐妹中存在感很低，她的高光时刻，是为大观园作行乐图。第四十至六十三回是大观园最荣耀灿烂的时光，贾母命惜春作画，用艺术的形式记录大观园充满诗意的日常生活。尤其是第四十二回，以惜春作画为主线，黛玉、宝钗、探春们互相打趣找乐子。黛玉在这回真的太美、太有趣了，和这样的姑娘在一起，怎么都不会无聊吧，甚至一向持重的李纨都活泼了起来。难怪贾母也希望以艺术的方式保存这份快乐和美好。

　　正因为品尝过美好，这个小姑娘无法面对宁国府的种种龌龊，更无法想象她的未来。她决绝地与未来（婚姻）了断，立定主意做一个"自了汉"。当然，她涉世未深，哪里知道像水月庵这些地方，一样难逃现实的腌臜。进一步说，如果腌臜就是人性的一部分，故事又如何收场呢？人身处现实的困境，面临着爱与自由的诱惑，又该怎么走下去呢?

那天我们谈到了不同世代的人,对婚姻的观感已经大为不同。现代人和《红楼梦》世界里的人,面临的社会和精神结构也完全不同了。现在的婚姻,是生活从各种缝隙后面,用它永不餍足的盘算腐蚀和摧毁的。人对婚姻的痛感,真诚地说,是借此掩盖对自我本质的探寻。我特别喜欢契诃夫的一部中篇小说《三年》。这是一部关于日常生活的小说,男女主人公顺利结婚了,但却过得不幸福。在小说的结尾,男主人公不再抱有期望,他对妻子说:"幸福是没有的。我从来也没得到过幸福,多半压根儿就不存在什么幸福。不过,我这辈子也幸福过一次,就是那天夜里我打着你的伞坐着的时候。你还记得有一天你把你的伞忘在我姐姐尼娜家里吗?"他回转身对着他的妻子,问道,"那时候我爱上了你,我记得我通宵打着那把伞坐在那儿,感到非常幸福。"男主人公被"她是为了钱嫁给他"这个想法腐蚀了,以致从内部瓦解了自己的婚姻。我觉得我们当代人更多的是类似的困境。晓蕾你觉得呢?

祝安好!

秋水

2023 年 3 月 9 日

刘晓蕾

把婚姻置之死地而后生?

第十五封信

杨早、秋水：

咱们上次对谈"大观园里的恐婚症与好嫁风"，结果时间太短，讲者和听者都意犹未尽，爱情和婚姻真是说不尽的话题。前几天北大三个女生采访上野千鹤子的视频，一度冲上了热搜，大家几乎都在批评她们问得太浅，跟对方的智识和修养不匹配，纯属浪费时间。不过，北大女生聚焦的婚姻主题，确实是一个东亚社会的真问题。

秋水说："婚姻是连接《红楼梦》两个世界的线索，也是整部《红楼梦》的主线。"杨早认为，《红楼梦》里的两个世界，与其说是理想世界和现实世界，毋宁说是真世界和幻世界，"真"是婚姻，"幻"则是情，此情不只爱情，"而是非婚姻的种种情事，手足情、朋友情、主仆情，皆在其中"。秋水认为"真"与"幻"的对照，其实是"理"与"情"。你俩说得都对。我不是"骑墙派"，因为《红楼梦》的文本内部本来就存在诸种对立与冲突：爱与婚姻、清与浊、情与理、真与假、盛与衰、热与冷、生与死……如此种种形成了多重张力。事实上，除了爱与婚姻、清与浊无法调和，在古人（曹雪芹亦如是）眼中，其余的对立关系其实都可以二元互补、相互转化。"假作真时真亦假，无为有处有还无"，真假和有无实乃一体，是"风月宝鉴"的两面，正所谓乐极悲生、物极必反、否极泰来。中国传统文化本来就只有"一个（现实）世界"，没有此岸与彼岸的终极对峙。

贾宝玉有三段著名的论断：

> 女儿是水作的骨肉，男人是泥作的骨肉。我见了女儿，我便清爽；见了男子，便觉浊臭逼人。

> 女孩儿未出嫁，是颗无价之宝珠；出了嫁，不知怎么就变出许多的不好的毛病来，虽是颗珠子，却没有光彩宝色，是颗死珠了；再老了，更变的不是珠子，竟是鱼眼睛了。

> 这些人只一嫁了汉子，染了男人的气味，就这样混帐起来，比男人更可杀了！

第一段呈现的是女儿的清与男人的浊，后两段说的是少女步入婚姻,是由清入浊,造成了不可逆的生命悲剧。婚姻是导致女儿生命变质的元凶,宝玉(曹雪芹)是最激烈的恐婚派。

秋水和杨早都谈到了《红楼梦》对所谓才子佳人、风月传奇的超越。风月传奇派其实是现实维稳派,所谓谈情说爱必然指向婚姻,"不以结婚为目的的恋爱就是耍流氓"。《礼记》有云:"昏礼者,将合二姓之好,上以事宗庙,而下以继后世也。故君子重之。"婚姻的核心价值:一是以姻亲扩大家族;二是接续祭祀祖先的香火;三是传承家族血脉,繁衍子孙。"天地合,而后万物兴焉。夫昏礼,万世之始也。"婚姻根本不是私人的事,也跟爱没啥关系,而是经济和政治的共同体。

曹雪芹不仅一改对大团圆结局的热衷,而且深刻呈现了"大团圆"的虚妄:婚姻不是美满的终点,反而是不幸的开始,在婚姻中女性的悲剧远甚于男性。

从根源上看,婚姻是父权制的结果——男性为了得到自己的后代,以交易的方式获得彼此的女儿作为传宗接代的工具。同时,为了确保后代血统的纯正性,男性以婚姻的形式对女性实施全方位的身心监管,婚姻成为女性的笼子。然而,在万恶的旧社会里，女性无处可去，婚姻是成年女性唯一的栖身之所，甚至"是女性最糟糕的岁月里的一份保障"。为了这份保障，女性得到的是锁链，失去的是自由，而男性制造了锁链，拥有的是整个世界。

中国古代是一夫一妻多妾制，男性的权利不仅获得了合法保障，而且扩大了性自由，可以同时拥有多名女性，除了纳妾还有其他渠道，或谈情说爱，或发泄多余荷尔蒙。胡子花白的贾赦花八百两银子买少女嫣红做小妾；贾珍光明正大喝花酒，还打儿媳妇秦可卿的主意；就连方正的贾政也有一个赵姨娘、一个周姨娘；贾琏虽然忌惮王熙凤的强悍，但也抽空就偷鸡摸狗，而且获得了普遍的舆论支持。贾琏跟鲍二家的偷情被王熙凤撞破，贾琏仗着酒劲儿提剑追她，她哭着扑到贾母怀里："老祖宗救我！琏二爷要杀我呢！"一向霸王般的王熙凤也不敢明着吃醋。贾母是这样安抚她的："什么要紧的事！小孩子们年轻，馋嘴猫儿似的，那里保得住不这么着。从小儿世人都打这么过的。"在她眼里，贾琏的错不在偷腥，而是不知道挑拣，把"脏的臭的，都拉了你屋里去"。

妻子只是生殖工具，既不能吃醋，也被剥

夺了爱与性的快乐。夫妻不能过于亲昵，因为男女的激情与热情会动摇婚姻的基础、冲毁秩序的堤坝，长此以往家将不家、国将不国。《孔雀东南飞》里通常把悲剧归咎于恶毒婆婆，其实当焦仲卿说出"儿已薄禄相，幸复得此妇。结发同枕席，黄泉共为友。共事二三年，始尔未为久，女行无偏斜，何意致不厚"，就已经与"礼"不符了。"礼"只允许繁殖，你却拥有了爱情，更何况是"花喜鹊尾巴长，娶了媳妇忘了娘"。于是婆婆以此为借口，驱逐自己不喜欢的儿媳便顺理成章，她槌床大怒："小子无所畏，何敢助妇语！吾已失恩义，会不相从许！"其实不只是古代中国，欧洲封建社会的女性也同样悲催。古罗马哲学家塞涅卡就说："对于一个男人来说，没有什么比像爱情妇一样去爱自己的妻子更丢脸的了。"

通过婚姻，男人把女性分成不同的功能，有的负责生殖，有的负责快乐，"分而治之"。为了维持特权，还真是狡黠啊。这样的婚姻岂止是不人道，简直是反人性的，尤其对女性极其不公。

二位已经全方位地盘点了《红楼梦》里千疮百孔的婚姻，我就不复赘言了。有意思的是，刘姥姥准备来贾府打秋风时给女婿狗儿说："他们家的二小姐着实响快，会待人，倒不拿大。"此处的王家"二小姐"指的正是未出嫁的王夫人。可是我们所看到的王夫人,多么苍白无趣。她平日里只知吃斋念佛,也没什么审美,只在儿子宝玉面前才像个活人。然而一转脸毫不留情辣手摧花,不经意间听到宝玉跟金钏调笑,她便一个巴掌拍过去,坚决撵金钏出去,致使她跳井自杀。王善保家的在王夫人面前告晴雯黑状:

> "那丫头仗着他生的模样儿比别人标致些,又生了一张巧嘴,天天打扮的像个西施的样子,在人跟前能说惯道,掐尖要强。一句话不投机,他就立起两个骚眼睛来骂人,妖妖趫趫,大不成个体统。"
>
> 王夫人听了这话,猛然触动往事,便问凤姐道:"上次我们跟了老太太进园逛去,有一个水蛇腰、削肩膀、眉眼又有些像你林妹妹的,正在那里骂小丫头。我的心里很看不上那个轻狂样子,因同老太太走,我不曾说得。后来要问是谁,又偏忘了。今日对了坎儿,这丫头想必就是他了。(第七十四回)

等不明就里的晴雯前来,王夫人更是以雷霆万钧之势,一顿极其恶毒的语言输出后,把病重的晴雯撵走,而且还是净身出户,一件好衣服也不让带。这跟刘姥姥眼里的王家二小姐判若两人嘛!从"宝珠"到"死珠",再到"鱼眼睛",一个人怎么就变出了三样?在宝玉的认知范畴里,婚姻就是这个万恶之源:女儿走入婚姻,不仅会被男人的气味熏坏,而且被推入一个令人窒息的制度和文化的结构系统中——"夫为妻纲""女子无才便是德"的"三纲五常"系统,从此丧失独立性,灵魂也失去色彩和活力。

岫烟被许配给薛蝌,大家都赞这是一桩好姻缘。岫烟出身贫寒但温厚可人疼,嫁给薛家自然是不错的选择,况且薛蝌也比薛蟠可靠。但宝玉的反应依然是惆怅:

> 又想起邢岫烟已择了夫婿一事,虽说是男女大事,不可不行,但未免又少了一个好女儿。不过两年,便也要"绿叶成荫子满枝"了。再过几日,这杏树子落枝空,再几年,岫烟未免乌发如银,红颜似槁了,因此不免伤心,只管对杏流泪叹息。

贾宝玉岂止是恐婚派,简直是反婚派。他至死都拒绝婚姻这个容器,后来他确实跟宝钗结了婚,但也是"空对着，山中高士晶莹雪；终不忘，世外仙姝寂寞林"，徒留一个婚姻的躯壳而已。

在《红楼梦》里，黛玉晴雯们还没进入婚姻，保留了足够的天真和灵气，美好无匹。但贾母、刘姥姥这样饱经风霜的老太太，也各有各的可爱和可敬。贾母有阅历，既会管家懂得恩威并用，也拥有稳定的审美与一流的修养，举手投足都有贵族的范儿；刘姥姥虽出身低微，却能屈能伸，关键时刻大仁大义。她们蹚过婚姻的暗河，活出了一身通透的人情世故，反而拥有层层累积的饱满智慧。唯独夹在中间的中年女性，被婚姻束缚得最紧，故而她们的面目多黯淡，从王夫人到邢夫人到尤氏，莫不如此。

洞察了生命的悲剧，曹雪芹也没什么更好的办法，他唯一能做的就是把少年的黄金时代尽可能拉长——自第二十三回贾宝玉和姐妹们搬进大观园里到第八十回，整整五十七回，其实才经历了三个春天，而从第一回到第二十二回的时间跨度，长达十三年。大观园的时间过得非常缓慢，甚至一度停止了，这不是现实世界里的物理时间，而是文学的心理时间。法国哲学家柏格森就曾提出空间时间和心理时间的概念，把传统的时间称为空间时间或客观时间，即按照过去、现在和将来依次延伸的线性时间；心理时间也叫主观时间，它是过去、现在和将来的互相渗透。他认为在心理上从来没有过去、现在和将来，人越是进入意识的深处，空间时间就越不适用，只有心理时间才有意义。如果一个人只有客观时间，意味着只是活了多少个小时，正是因为有主观时间，我们有感觉和记忆，生命才不是一个单向的旅程，才不会被困在时间的刻度里，才能拥有内在的自由。

从这个角度来看，大观园的本质是拒绝时间的，大观园里的时光必然是缓慢的。每一幅画面、每一个记忆，早就超越了客观时间的限制，拥有了永恒性。所以，阅读《红楼梦》会有一种神奇的体验：翻开任何一页都能获得完整的审美体验。共读《西厢》、黛玉葬花、宝钗扑蝶、晴雯撕扇、香菱学诗、湘云醉卧，还有海棠社、菊花题，以及"风雨夕闷制风雨词""琉璃世界白雪红梅"，蜂腰桥下、柳叶渚边、绛芸轩里的种种情事，都是曹雪芹用美学手法把时间空间化的结果，当下即世界，瞬间便永恒。在对似水年华的凝眸和追忆中，爱、美和自由获得了坚不可摧的神圣价值。

尽管这一切都"落了片白茫茫大地真干净"，

但如果终其一生都无从拥有这一时刻，这样的人生才是彻骨的荒凉。也正是基于这样的信念，贾宝玉（曹雪芹）才能在"寒冬噎酸齑，雪夜围破毡"的寒蝉岁月里，写下一部"谩言红袖啼痕重，更有情痴抱恨长"的《石头记》吧。

《红楼梦》的悲剧性是多重的，婚姻是曹雪芹严刑拷打的一环。但不管他怎样看衰，在那个时代似乎也只有死亡能逃避地狱般的婚姻。黛玉在还没有进入婚姻时就"泪尽而逝"，幸耶，不幸耶？那么，假如黛玉和宝玉结了婚，会变成"死珠"或"鱼眼睛"吗？记得秋水和早兄都对此表示不太乐观，至于我，那还得先回答秋水这封信的最后一问：到底是什么从内部瓦解了自己的婚姻？

这个问题来自契诃夫的中篇小说《三年》。秋水认为"男主人公被'她是为了钱嫁给他'这个想法腐蚀了，以致从内部瓦解了自己的婚姻"，"我们当代人更多的是类似的困境"。说说契诃夫吧。他长相儒雅俊美，一直颇有女人缘，但他对婚姻保持了足够的警惕，尽管追求者里有人美貌如花，他也从未想过结婚。他曾这样描述理想中的婚姻状态："她得住在莫斯科，我住在乡下，我常去找她。至于那种天长日久、时时刻刻厮守在一起的幸福,我是受不了的……我应许做一个宽宏大量的丈夫,可是请您给我一个像月亮那样不是每天在我的天空出现的妻子。"出于对人性的深刻洞察,他笔下的人各有各的自私与懦弱,爱情与婚姻也都千疮百孔,但在苍白庸碌的人生里,也会于不经意间透出一束微弱的光。他四十一岁那年居然结婚了(不过三年后就去世了),写给妻子的情书里充满肉麻的爱的词语。不过即使发昏冲动,他也保持了一贯的清醒,坚持跟妻子两地分居。一直到死,两人都保持了足够理性的距离。

所以,我以为并非是"生活从各种缝隙的后面,用它永不餍足的盘算腐蚀和摧毁"了婚姻,因为基于利益的计算一直是婚姻的本质。私以为,从内部摧毁婚姻的,是对其抱有不切实际的幻想。

上次的对谈中,有一个女性听众朋友问:如何能跟自己的恋人共同进步,彼此扶持成长?我们三个几乎都做出了相同的回答:婚姻不能承担这样复杂的功能。事实上,把爱情跟婚姻捆绑,期待婚姻让爱情瓜熟蒂落,并成为自我成长的飞地,从而获取幸福,一定是会以惨败告终的。幸福的来源应该来自更多的渠道,每个人都是脆弱的个体,无法救赎他人,仅仅是支撑一个虚弱的自我就够呛了。所以，靠什么来维系婚姻？爱情保鲜期太短，契约也不可靠，无神的世界里契约往往形同废纸。况且婚姻的契约又非普通交易合同，男女双方的责任、权利和义务如此复杂，婚约却只有一张简单的结婚证，没有任何附加条款。不是不写，而是写不完。

还是让婚姻回归它的纯朴本质："点灯，说话儿；吹灯，做伴儿，明早起来梳小辫儿。"（早兄的这首儿歌，我读着真是倍受感动呢。）婚姻就是两个人基于相互的理解，一起搭伙做伴，来抵御外界未知的风险。换句话说，把婚姻置之死地，反而可能会盘活它？

黛玉和宝玉都不是对生活一无所知的恋爱脑。到了第四十五回，两个人的相处已经从绚烂归于平淡，一个问日常吃喝睡觉，一个关心下雨天不要摔跤……在穿上像渔翁渔婆的蓑衣里，在那盏玻璃绣球灯里，藏着的不就是日常平淡却隽永的婚姻小景吗？

春光好。

晓蕾

2023 年 3 月 11 日

爱、现实和自由

第六辑

庄秋水

困在系统里的人

—— 第十六封信

杨早、晓蕾：

之前我们聊到穿越文，杨早说有人写主角穿越回去变成了贾环，以庶子的身份异军突起，最终整顿家业，成为家族复兴的功臣。我查了一下，目前网络上已有数千部《红楼梦》同人小说。这一方面说明这部"天地间不可无一不可有二"的经典名著，仍有广泛的阅读人群，另一方面足证作为"元文本"，《红楼梦》能够在不同时代，回应读者对人性与世情的追逐，且能勾连人内在的审美和情感体验。自诞生之日起，这部巨作未完，是天地间一大憾事，故而两百年来，续书就有近两百种。这些续书，大都不忿于宝黛的终局（本也是续书一种），偏要他二人死而复生，还要建立功业、拯救家族。其中有一部真真是脑洞大开：宝黛一起转世，大观园再聚首，平定倭乱，封王赐婚。（《绮楼重梦》）此种高浓度的爽文，料定今天的网文作者也要叹为观止了。

我读过几种，还有印象的是《红楼梦补》和《红楼梦影》。前者黛玉魂归离恨天，重生后还乡，而宝玉发觉婚亲受骗，就践约出家，被已成仙的柳湘莲送归，还发誓不娶黛玉便不归家。贾家意识到之前的不妥，向林家提亲，此时皇帝也赐婚了，宝玉更是考中进士，在殿试之日与黛玉成婚。在这本续书里，重生后的黛玉真是妥妥的大女主，不仅身体强壮，治家理财一把好手，简直就是救世小仙女。最好玩的是，她还一点儿也不妒忌，鼓励宝玉收了晴雯、紫鹃、袭人、莺儿为妾。这样"完美"的黛玉，惊喜不惊喜?《红楼梦影》的著者是清代词人顾太清（署名云槎外史），以女性的身份写续作。宝玉被一僧一道给拐走了——方外高人成了人贩子，被父亲救回，和宝钗生下了儿子贾芝，继续享受人间富贵与欢愉。他喜欢"抱着芝哥站在栏杆前看牡丹"，还和侄儿贾兰一同中了进士。贾政清廉自守，一直做到了宰相。

两部续作的结尾都还有点儿意思。《红楼梦补》写除夕那天，宝玉梦游太虚，抄了改过结局的"金陵十二钗"正、副册判词，正与一众妻妾观看，突然惊醒，却是做梦而已，富贵繁华，仍是红楼一梦。《红楼梦影》的最后，宝玉也是神游太虚幻境，见到先前种种，朱楼绮户，化作一片荒凉，白骨骷髅，蹁跹起舞，"宝玉吃了一大

惊,却也不知是真是假"。续书作者们给贾家注入一线生机,但内心深处也知道不过是意淫而已。鲁迅对此批得够狠:

> 然而后来或续或改,非借尸还魂,即冥中另配,必令"生旦当场团圆",才肯放手者,乃是自欺欺人的瘾太大,所以看了小小骗局,还不甘心,定须闭眼胡说一通而后快。(《坟·论睁了眼看》)

倒是王国维有较正面的看法,他说:"吾国人之精神,世间的也,乐天的也,故代表其精神之戏曲、小说,无往而不著此乐天之色彩:始于悲者终于欢,始于离者终于合,始于困者终于亨。""善人必令其终,而恶人必离其罚:此亦吾国戏曲、小说之特质也。"

你们俩怎么看?我觉得鲁迅和王国维说的都有道理。上封信里我也说过,大团圆偏好也是一种现实中无权力地位的对照。我还想到的是,这些续书无一例外的看重科举,总是以为,只要宝玉辈科举及第,就可以重振家业,展示出深刻的路径依赖,这也是在原作中宝玉最讨厌的"仕途经济"。宝玉不爱读书、不喜交际,似乎掐灭了贾府未来荣耀的火苗,这可以说是原书里绝大部分人,以及续书作者、读者们的共识。但如果我们跳出来看,这不过是困在系统里的人们,想象力只能局限在系统内部的反应。

我以为,贾府之败落,一方面在于政治上站队引发的连锁后果,一方面在于无解的经济困境,消费支出严重超过经济收入。有好几个人看到了这个问题的严重性。第二回里,冷子兴演说荣国府,犹如一个全景式的俯拍镜头,他盘点贾府一众人物,还抓到了一个关键点,即这种贵族气象的支撑需要强大的经济实力,而贾府已经在消耗原有的积累,甚至落到了需要偷老太太的东西拆补的境地。第七十二回,贾琏恳求鸳鸯:

> 这两日因老太太的千秋,所有的几千两银子都使了。几处房租地税通在九月才得,这会子竟接不上。明儿又要送南安府里的礼,又要预备娘娘的重阳节礼,还有几家红白大礼,至少还得三二千两银子用,一时难去支借。俗语说"求人不如求己"。说不得,姐姐担个不是,暂且把老太太查不着的金银家伙偷着运出一箱子来,暂押千数两银子支腾过去。不上半年的光景,银子来了,我就赎

了交还,断不能叫姐姐落不是。

我想起杨早说过,鸳鸯的地位很重要,她有反抗大老爷强娶的资本,也在于当家的凤姐和贾琏不时有求于她。

就连一向目无下尘的黛玉,也看到了贾府的危机所在:"我虽不管事,心里每常闲了,替你们一算计,出的多进的少,如今若不省俭,必致后手不接。"第十三回,秦可卿将死之际,托梦给王熙凤,说出她对两府的忧虑,怕是有一日要乐极生悲。她给出的方子是在当时法律条文下可操作的余地——在祖坟附近多买地建房舍,将来万一被抄家,祖坟祭产不在其中,这就为后代留下一条维持生计的退路。秦可卿这个矛盾的人物,此等远见卓识,似乎完全是作者的赋能,并非人物性格自然发展的智慧展现。三姑娘探春兴利除弊,想把大观园从纯粹的消费型场所转变成能提供产品的生产实体。这种局部的改良尝试,也只是在王熙凤病倒休假时的偶发性行为,于全局无大影响。

对于贾家的经济状态,王熙凤这个掌家人最是明白,她对刘姥姥说过一番话:"不过借赖着祖父虚名,作了穷官儿,谁家有什么,不过是个旧日的空架子。"这倒不全是客气托大,的确也是事实。她也想出了一些对策,用她自己的话说:"我这几年生了多少省俭的法子,一家子大约也没个不背地里恨我的。"但她节流的措施只针对小头,也就是最底层的奴才们,她绝不肯为了节俭而失了上位者的欢心。王熙凤唯一试图扩展资本的行为是充当放债人,她利用迟发月钱的办法,一年能翻出上千两银子,只不过这都进了她自己的腰包,说明她很清楚货币投入流通会产生的价值。某种意义上,她是这个系统里有新意识的少数人。此外,王熙凤还把贾府里有形无形的势力变现,比如收钱替人办事,相当于把地位货币化。

贾府的等级规范,也就是所谓礼仪,以及为维持社会地位而进行的人情往来,都是以经济托底的。一般人眼中各种腐坏,比如办事过程中的回扣、藏私,甚至偷盗,本质上都可视作围绕等级体系的奢侈性消费和生活消费的必要补充。也就是俗语说的,吃肉的吃肉,喝汤的喝汤。当依靠地租和特权所获得的收入无力支撑炫耀式消费时,这种衰败就不可避免了。这个系统就是这样循环的。贾政对宝玉寄予厚望(也是王夫人、宝钗湘云们的厚望),在实践上并不灵光。贾政自己的仕途,并没有带来丰厚的回报,他要有清廉名声，就是断了他人和自己的财路，有的续书里，让他最后拜相，完全是清官梦作祟。你看他在江西粮道任上，不是被衙役愚弄，就是被奴才瞒骗，自己也落得个被参革职。在这个系统里，只有通过政治权力的重新分配，才可能获得爆发式的经济回报。比如作为军功阶层初代，宁荣二公就是"九死一生挣下这家业"（焦大语）。这样一看，曹家和其姻亲李家，涉入康熙末年的夺嫡之争，既是无法避免的，也是他们的主动选择。

在这个系统里，能看到主子奴才都是"安富尊荣"，各自在计划好的统一管理模式下，挖空心思多拿多占，相当于"占公家的便宜"。赵姨娘和贾环的不满，其来有自。他们的身份地位决定了无法占有更多的资源，偏偏又都无法靠个人能力去争取补偿，心里不能平衡，才会经常闹得鸡飞狗跳，甚至走上了歪门邪道。

现在再读《红楼梦》，我总想到，一个人在这样强大却又处于衰败中的系统里，现实这样逼近，该怎么办？或者说该走怎样的路？诗和远方、爱与自由，都很好，都想要，如果不加滤镜，在这个系统里有生存余地吗？

我认为曹雪芹还真写了这样的一个人。第四十九回大观园来了几位亲戚姑娘，宝钗的堂妹宝琴，是最得注意的一位。作者对这个中道出场的女孩，全是烘托之法。先是宝玉在怡红院私下赞誉：

> 更奇在你们成日家只说宝姐姐是绝色的人物，你们如今瞧瞧他这妹子，更有大嫂嫂这两个妹子，我竟形容不出了。老天，老天，你有多少精华灵秀，生出这些人上之人来！可知我井底之蛙，成日家自说现在的这几个人是有一无二的，谁知不必远寻，就是本地风光，一个赛似一个，如今我又长了一层学问了。除了这几个，难道还有几个不成？

宝玉的一番赞叹，成功勾起了其他人的好奇心。晴雯去瞧了一遍，回来的评价很接地气，说宝琴和李纨的两个堂妹，"像一把子四根水葱儿"。探春直接给出了最高评价："连他姐姐并这些人总不及他。"初到贾家，宝琴赢得了众人欢喜，王夫人认了干女儿，贾母也喜欢得不得了。宝琴不只是外貌出众，才华也无双。众人联诗，独她和湘云最多，在咏梅诗中也夺了魁首。再以视野论，她无疑是大观园第一人，甚或在所有的女子中也是绝无仅有。她从小跟着经商的父亲出门在外，用薛姨妈的话说："他从小儿见的世面倒多，跟他父母四山五岳都走遍了。他父亲是好乐的，各处因有买卖，带着家眷，这一省逛一年，明年又往那一省逛半年，所以天下十停走了有五六停了。"可见宝琴的父亲也非普通商人。所以说她的见识和知识结构，都跳出了贾府这种传统的系统。她八岁时，就和父亲到西海沿子买洋货，和外国人有了交往，还记下了一个外国女孩子的汉诗。这种阅历是黛钗们所缺乏的。当然，见识过未必就受其影响。譬如王熙凤也接触过外国的器物人事，在第十六回里，她夸耀说她祖父管着各国的进贡和外国人的接待，王、贾两个大家族里，也有很多的洋货。有一处很能看出宝琴的见识。宝钗说要起一社，诗题是《咏〈太极图〉》，又要严格限韵。宝琴很不以为然，她说："这一说，可知是姐姐不是真心起社了，这分明难人。若论起来，也强扭的出来，不过颠来倒去弄些《易经》上的话生填，究竟有何趣味。"她这是论诗，也是在说做人，真实、有趣，正是阅历在她的生命和审美上的投射。这个姑娘，似乎集合了宝钗、黛玉和湘云全部的优点，还拥有她们所没有的见识阅历。

　　清代嘉道年间人涂瀛说："薛宝琴为色相之

花，可供可嗅，可画可簪，而卒不可得而种，以人间无此种也。"意思是这姑娘太完美了，只能是神仙中人，人间不可得。第五十回用一个场景，锁定了宝琴"前身定是瑶台种"的气质风度。"一看四面粉妆银砌，忽见宝琴披着凫靥裘站在山坡上遥等，身后一个丫鬟抱着一瓶红梅。"红白映衬，人梅互拟，确实是神仙一流的人物，难怪贾母觉得比画上的人物都好。她写怀古诗，将自己的经历与感悟提炼为意象，写进诗歌中，不再局限于传统闺阁的门户之内。偏要在这时，宝钗跳出来，显示自己合乎女戒的道德感，要她拿掉最后两首和《西厢记》《牡丹亭》相关的诗。这种对比更显出宝琴和她的堂姐之间的距离。宝琴像一阵风，拂过了大观园，她以外来者的视角，见证了大观园最美好的时光。

也许是对这样跳出系统的新人物，作者也没有多少把握，故而宝琴这个人物总有些模模糊糊，对她的描述也只有八个字："年轻心热""本性聪敏"。对她以后的生活，我是抱着很大的好奇。后四十回里借着薛姨妈的口，说她后来过得很好。总之，她留下了许多想象空间。

你们俩都看过《肖申克的救赎》那部伟大的电影吧。我印象最深的是关于"体制化"的那段话:"这些墙很有趣,刚进来时,你痛恨它,后来,你习惯了它的存在,很自然地生活在其中,最后,你会发现你无法离开它,这就是被体制化了。"体制,或者说系统,有强大的吸附力,人一旦被体制化,就会试图在这里寻求包括意义和价值在内的一切东西,合理化自己所有的行为。我读《红楼梦》续书,看各种重生穿越网文,无不还是激昂地谋求一个一元论的人生观。我也不是说系统不好,人生于世,离不开系统。我只是害怕困在单一的系统里,一切不符合系统制式的事物,都必须排斥,从而看不到其他系统带来的可能性。

爱、现实、自由,这一直是我们仨讨论的主题。在我看来,爱与自由的欲求,与现实相连互带,既由现实生出,又高于现实。它们以自身为目标,绝非某个系统的禁锢之物,也绝非给现实或某一宏大目标的献祭。

祝安好!

秋水

2023年4月15日

刘晓蕾

在墙上开一扇窗

—— 第十七封信

秋水、杨早：

秋水在信中说到的《红楼梦》之各类续书，我也着实翻过几部呢。这些续书作者大都不满于黛玉亡和贾家败，往往从第九十六回开始另起炉灶，把悲剧改成大团圆结局。不比不知道，在众多续书里，高鹗续的后四十回倒可圈可点，毕竟能忍心将黛玉写死，并让宝玉出家，也算是有悖于中国人爱团圆的集体心理了。

为什么中国读者酷爱大团圆的戏曲故事？鲁迅和王国维说的都有理，只是视角和对文学功能的定义不同。鲁迅是启蒙者的立场，认为大团圆是自我麻醉，王国维则把戏曲看作人生的衍生品，反而觉得大观园的调子壮美，是乐观主义。续作者和多数读者其实是以看戏的心态读《红楼梦》的，既然是观戏，跌宕起伏又皆大欢喜的故事自然最好。看戏者并不觉得舞台上的故事跟自己有关，所以越遥远越夸张越好。普通老百姓喜欢看霸王别姬、诸葛亮鞠躬尽瘁、帝王将相、英雄好汉，听"谯楼初鼓定天下"，图的就是一个过瘾。

张爱玲曾在剧本《太太万岁》题记中说:"中国观众最难应付的一点并不是低级趣味或是理解力差,而是他们太习惯于传奇。"传奇就一定要制造高潮和戏剧性,所以高鹗还是把黛玉之死写得像舞台剧,一边焚稿断痴情,孤孤单单凄凄惨惨;一边是钗玉婚礼,热热闹闹喜气洋洋。冲突性有了,高潮也有了,读者的眼泪也到位了。偏偏《红楼梦》是反高潮、反戏剧的,后四十回还是接不上前八十回的气息,不够好。

《红楼梦》之长盛不衰,正在于曹雪芹写尽了中国人和中国生活。贾家的兴衰可与历史的迭代对照,个中滋味就像观中国大历史。秦可卿临死前对王熙凤托梦,说"月满则亏,水满则溢""登高必跌重""乐极悲生""树倒猢狲散""盛筵必散""否极泰来,荣辱自古周而复始,岂人力能可保常的"。中国历史数次朝代更迭,不都沿袭这样的规律——盛极而衰,衰而复振,振而再败,一治一乱,正是古语所云:"君子之泽,五世而斩。"所以黑格尔在《历史哲学》里认为,中国这样长期循环往复的超级稳定的结构,不算真正的历史。

但这正是古代中国人所理解的世界图景——从《道德经》到阴阳五行、太极无极,世事流转,

"天不变，道亦不变"，完美闭环。提供人生道路和意义的传统文化同样滴水不漏——儒家推崇的是一种道德化的生存方式，修身齐家治国平天下，要做一个具有良好德行的社会人；道家负责安抚被社会摧残的人，鼓励其在大自然里放松并净化心灵，再返回社会厮杀；佛教也鼓励人放下贪念，不要过于执着，放空以后，再积极入世就不会太累。为了让大家当合格的社会人，儒释道配合得相当默契，这是一个自足的闭环的意义系统。人类学家格尔茨在《文化的解释》里说，人是悬挂于意义之网里的生物，系统为生活全方位提供了意义，从而成为形塑个体的坚固模具。那么，对于个人而言，挂在这张意义之网上，沿着前人的道路笔直地走下去，自然是世间的坦途和真理。从《古诗十九首》里的"人生寄一世，奄忽若飙尘。何不策高足，先据要路津？无为守穷贱，轗轲常苦辛"，到《红楼梦》里的贾家，再到《儒林外史》里的科举狂人，直至高度"内卷"的现代社会，大家都被强大的系统吸附进去（亦如秋水所言）。

到了曹雪芹这里，这个系统早就千疮百孔了，在《红楼梦》里，系统内部的崩坏与溃烂是如此清晰。如果把贾家比作一艘正在大海里航行的船，船体朽坏且正在解体，然而贾家人都只顾坐船，只想着分一杯羹，多捞多得，根本没人关心船的功能和安全，也不关心船往哪个方向开。老一辈的贾母虽余威尚在，但终究心力不足；王熙凤能力超群、眼光毒辣，甚至能想出放贷的绝招，但她只对顶头上司负责，并不认为自己对这艘船有何责任。贾家的男性更集体失职，贾赦和贾珍是欲望顽主，玩的就是心跳，而贾敬躲在道观里炼丹求长寿，在他们身上，千年层累的道德秩序早已失效。贾政倒是真心想要维护这个系统，但他跟大多数传统儒家读书人一样，以道德文章为主，"不惯于俗务"，事功能力太弱，只会干着急打宝玉。下一代的贾琏、贾蓉和贾芸能把建省亲别墅当成捞油水的机会，专挖自家墙角，是只会搞破坏的蠹虫。最小一代的贾兰呢？从有关他的信息分析，他的未来要么是贾政，要么是贾雨村。

这个系统最大的问题是价值一元论，掐断了生命的其他可能性，禁锢了想象力和创造力。更令人寒心的是，系统里的中坚力量都不能得到善待。对，我又要说宝钗了。有谁能比她活得更正确呢？她日常穿的是半新不旧的衣服，"从来不爱这些花儿粉儿的"，蘅芜苑如"雪洞一般，一色玩器皆无";她每天"晨昏定省",做女红到深夜;她兢兢业业地经营自己良好的道德形象,写诗也不放松,还要搞"珍重芳姿昼掩门";还经常勤奋地输出价值观,抓住一切机会规劝黛玉、湘云和岫烟,从做人到读书到穿戴饰品都要稳重、得体。不管她是真心相信还是只是善于表演道德化生存,她都认为付出一定会有回报。"淡极始知花更艳,愁多焉得玉无痕。欲偿白帝凭清洁,不语婷婷日又昏"(海棠诗),"谁怜我为黄花病,慰语重阳会有期"(菊花诗),还有"好风频借力,送我上青云"(咏柳絮词),都显示了她充沛的道德自信和道路自信。然而我们都知道,即使精英如宝钗,最后也落了个"金簪雪里埋"。

一旦个体成为系统的一部分,确实能获得意义感和确定性,这是宝钗自信的来源,也是直到今天她依然拥有无数拥趸者的重要原因之一。弗洛姆在《逃避自由》里说,拥有了自由的人们往往逃避自由,因为自由如此沉重,它需要自我选择、自我承担,代表了一种"不安全""不确定"的状态,人类天性就追求确定性,需要一个稳固的共同体提供庇护和意义。

对系统的依附其实也意味着对个体责任的豁免,个体会活得比较轻松。汉娜·阿伦特在《艾希曼在耶路撒冷》提出了"平庸的恶"(恶的平庸性)的说法。纳粹军人艾希曼杀了很多犹太人,但他在公开受审时为自己辩护,认为自己只是履行职责、服从法律。他甚至引用了康德的道德哲学,认为自己服从法律是个体意志与"法律背后的准则",即"孕育法律的源头"实现了高度一致,因而不仅无罪而且是道德的。阿伦特的"平庸之恶"不是说这种恶不彻底、不激烈,而是这个人表现出来"一种超乎寻常的浅薄",他不愚蠢,也没有刻意撒谎,"而是匪夷所思地、非常真实地丧失了思考能力"。

每一个在溃烂的系统里顺流而下、缺乏反思的人,都多少有"恶的平庸性"。贾政、王夫人不例外,宝钗也不可能例外。在滴翠亭外扑蝶的宝钗,听到怡红院的粗使丫鬟小红和坠儿说悄悄话,马上判断小红"眼空心大,是个头等刁钻古怪"的"奸淫狗盗的人",不能让她发现自己听到了她的秘密……宝钗端庄、整洁而狭小的道德秩序里,容不下一个小小的异己。随后小红替王熙凤跑腿,办事利落、口才好,被王熙凤看上了,遂被从怡红院挖走当了凤姐的贴身秘书,这是第二十七回。有几条评价小红的脂批很有意思,一条眉批说:"奸邪婢岂是怡红应答者,故即逐之",另一个署名畸笏者说:"此系未见'抄没''狱神庙'诸事,故有是批。"意思是你错怪她啦。第八十回后,贾家遭遇抄家,被监押在狱神庙里,小红还去看望过王熙凤和宝玉。其实,即使日后小红并无此等报恩之举,人家也不至于是"奸淫狗盗"和"奸邪婢"啊。没办法,越稳固的系统越容纳不了一个小丫鬟蠢蠢欲动的小心思。在这样的逻辑下,袭人无意中听到宝玉给林黛玉诉肺腑,便吓得魂飞魄散,想着这可是"丑祸",是"不才之事",一定要想办法杜绝这种事情发生。而王夫人对晴雯充满无名之火,美丽有个性的女孩就是狐狸精,会勾引宝玉,这是系统给予她的知识。

脂批者和宝钗、袭人、王夫人等,都是系统中人,自然担负了剪除系统毛茬儿的责任。正如福柯用知识考古学在《疯癫与文明》里发现的:精神病人是被某些机构分类定义出来的,或者说系统有一套自洁装置,把不符合系统要求的人群和行为都打入另册。在他看来,每一套话语都是一个自成体系的堡垒,如果毕生都生活在这个堡垒里,只会用那个体系的话语来理解世界,看不到另外的可能性,那这个堡垒就会成为思想的"监狱"。在一次访谈里,他说:"我不是个预言家，我只是在到处都是墙的地方打开一扇窗。"

文学也是。

其实并非所有的系统中人都能如此"正义"。更"可怕"的情形鸳鸯也遇到过，一个晚上，她在大观园的假山石后，撞破了"野鸳鸯"司棋和潘又安——

> 鸳鸯再一回想，那一个人影恍惚像个小厮，心下便猜着了八九，自己反羞的面红耳赤，又怕起来。因定了一会，忙悄问："那个是谁？"司棋复跪下道："是我姑舅兄弟。"鸳鸯啐了一口，道："要死，要死。"司棋又回头悄道："你不用藏着，姐姐已看见了，快出来磕头。"那小厮听了，只得也从树后爬出来，磕头如捣蒜。

> 鸳鸯忙要回身，司棋拉住苦求，哭道："我们的性命，都在姐姐身上，只求姐姐超生要紧！"鸳鸯道："你放心，我横竖不告诉一个人就是了。"

鸳鸯的羞怕是正常的，但她能为司棋保守秘密则相当反常，因为这需要一种发自内心的道德勇气去对抗系统。后来听说司棋病倒了，鸳鸯又偷偷跑过去安慰她，发誓自己不会告诉任何人。鸳鸯在墙里为自己开了一扇窗，对人性保持了温情的理解与想象。

秋水也注意到了宝琴。这个女孩是在第四十九回来到贾家的，一来便赢得了所有人的喜爱，老太太还逼着王夫人认她当干女儿。宝琴这样的女孩子，也让宝玉对女儿的赞美达到了一个新高度。她有多特别？在那个封闭的时代，她已经"天下十停走了有五六停"。在八岁时跟着她父亲到西海沿子上买洋货，还见过一个真真国的女孩子：

> 才十五岁，那脸面就和那西洋画上的美人一样，也披着黄头发，打着联垂，满头带的都是珊瑚、猫儿眼、祖母绿这些宝石；身上穿着金丝织的锁子甲洋锦袄袖；带着倭刀，也是镶金嵌宝的，实在画儿上的也没他好看。

她真如天外来客，清新自然，强健有活力，给这个沉沉睡去的贾家（时代）吹来了清新的风。宝琴确实被写得过于完美，完美到不真实。也许曹雪芹在现实生活里真遇到过宝琴这样的女孩，对方惊鸿一瞥,已经足以在她身上寄托对美好生命的愿景。

窗外还有一个刘姥姥呢。刘姥姥世事洞明又不失乡野气息,人情练达却并不油腻,最后倾尽家产把巧姐从烟花巷里救出,颇有春秋国士之风。当然,我们现代人早就对"乡土社会人性淳朴"脱敏,也不信什么"仗义每多屠狗辈",但这也算一种"礼失而求诸野"的系统自救吧。

众所周知,曹雪芹最伟大的创见是营造了一个大观园。大观园的核心精神是青春、爱、美和自由。黛玉风流袅娜,"半卷湘帘半掩门";湘云大说大笑真名士,割腥啖膻无所顾忌;探春兴利除宿弊,在大观园里搞经济改革;晴雯没心没肺地撕扇;袭人隐忍低调规划未来;香菱能闻见菱角的香味;鸳鸯拒绝当姨娘;司棋跟潘又安的私情暴露,却并无畏惧惭愧之意;龄官热烈而绝望地爱着贾蔷;藕官跟药官假戏真唱,药官死后又与蕊官缠绵悱恻……她们姿态各异,都足以让宝玉称奇道绝,并心甘情愿低下头来,像浮士德那样由衷喊出:"真美啊,请停留一下。"

大观园的意义,就是见证逸出系统之外的生命能拥有的各种可能性。宝黛当然是其中的佼佼者,他们甚至是叔本华所说的"天才",能穿透表象的世界，看到世界的"另一面"——当黛玉唱"一朝春尽红颜老，花落人亡两不知"时，宝玉听了不禁恸倒在山坡之上。正是因为意识到人终有一死，愈美愈脆弱，他们才要勇敢去爱，向死而生。死有多黑暗，生就有多热烈。虽然最后白茫茫大地真干净，冷酷现实碾压了一切可能性，但曾经爱过，也见过世间的美好，就不算白活。肉身无法挣脱系统，但精神可以逃逸。

《红楼梦》的主题当然是多元的，但它的主角恐怕只能是曹雪芹借贾雨村之口说的"正邪两赋"之人。这些人性别身份不同，有男有女，有君王有隐士，有艺术家有诗人、优伶，但都拥有维特根斯坦意义上的"家族相似性"——活得旁逸斜出，至情至性，无法被编码归类。直到现在，他们活出的样子依然摇曳动人。

法国哲学家加缪说，伟大的作家都是哲学家，文学跟哲学一样，面对的是人类共同的生存境遇。我想，这也是《红楼梦》可以常读常新的原因吧。

春安。

晓蕾

2023 年 4 月 17 日

杨早

很大很大的黑房间里的一丝微光

第十八封信

晓蕾、秋水：

天气热了起来。事情更多，像是在报复过去空白的岁月，但还是要抽空接受新鲜文化的滋养。最近看了一部剧、一部电影，都挺有意思，推荐给你们。

这是一部日剧，叫《重启人生》。跟同期热播的韩剧《黑暗荣耀》与美剧《最后生还者》相比，《重启人生》恬淡得如一杯春日的绿茶。一个三十多岁的女公务员，突然遭遇车祸丧生，但她在转世与重生之间，选择了后者，而且是一次又一次地选择。每一次轮回，她都会小心地校正一点儿人生的路向，但总有一些任务必须完成：纠正幼儿园小朋友吃花蜜的行为，防范小朋友父亲与幼儿园老师发生婚外情，阻止外公吃医院错配的药，拯救被诬陷为电车痴汉的讨厌的中学老师，告诉小学同学他虽然做音乐很努力但真的不会红……直到终极任务出现：改变某班飞机的航线，阻止自己两位闺密即将遭遇的空难。

这样叙述情节，并不稀奇。但日剧真的很会

拍细节，特别是最后一轮重生，女主角发现，要阻止空难，就必须改变飞机航线，而要有权这么做，她得想办法当上该航班的机长，而想当机长，从小就得好好学习……悖论出现了，因为要好好学习，就没时间和发小们一起追剧，一起讨论，一起换贴纸。她和要拯救的闺密，有可能在这一轮重生里根本就不会成为闺密。那，她还会有动力竭尽全力去拯救两位不熟的旧日同学吗？

会，因为她还有前世的记忆。

你们说，当曹雪芹想好将自己的所见所闻所历铺叙成一部长篇小说时，他是不是也在幻境之中重启他的人生？哪些往事、哪些情感他想保留？哪些荒谬、哪些误会他想矫正？哪些细节、哪些场面他想虚构？这一段如梦如露的人生，如何能够用笔去亦真亦幻地呈现？

我要说的电影叫《宇宙探索编辑部》，是青年导演孔大山的第一部长片。这部电影的英文名叫 *Journey to the West*（西游记）——说起来这部电影应该在我们共读《西游记》时讨论，但不管这么多了。这部电影"讲述了科幻杂志社年近中年的主编唐志军因一个困惑了他一生的难题误入一段啼笑皆非的寻找地外文明旅途的故事"。我剧透一下，这个难题就是："人在这个宇宙存在究竟有什么意义?"这是唐志军患抑郁症的女儿在自杀那天早上通过短信发给他的。

追问存在的意义,是人类自古以来就存于心中的冲动。而《宇宙探索编辑部》的有趣之处在于,它用大量的生活细节,将追索这个命题的过程演绎得歌哭遍地,啼笑无常。"一本正经地胡说八道"是中国电影,乃至中国文艺稀缺的品质。很多小品或喜剧看上去做到了,但它们其实只是做到了"胡说八道",而难得的是"一本正经",彻底虚无的人根本不懂得什么是正经。这也是为什么《一年一度喜剧大赛》第二季里土豆、吕严的作品《进化论》成为难得一见的爆款佳作的原因。胡说的背后有正经作为支撑,胡说才被赋予了解构与反讽的意义。当周围的人与环境都很"正常",反常才有了它存在的价值。就像咱们讨论过的,宝黛爱情之所以难能可贵,也是因为它不是那个时代正常的情感交往形态。即使在今日,纯粹而自由的爱恋仍然像一个人人听过却很少人见识的都市传说。我从不将自己代入宝玉或黛玉,但我还是会由衷地希望他们的爱情不被打扰、不被嘲讽、不被制止。这可能是人有了知识与思想,总想跟自己肉身的脆弱作短暂搏斗的冲动。我们总幻想在人人皆为所缚所困的现实世界之上,有美丽的太虚幻境。当大观园成为这个梦想的寄托物时，真实与幻境或许只有一墙之隔。我小时候看书学习日本棋手武宫正树的"宇宙流"，放弃边角，直取中腹，我喜欢其中一章的题目《山那边，天更宽》。那时我也知道1947年有一首对国统区的青年构成莫大诱惑的歌曲：

> 山那边哟好地方，一片稻田黄又黄，大家唱歌来耕地哟，万担谷子堆满仓。大鲤鱼呀满池塘，织青布呀做衣裳，年年不会闹饥荒。
>
> 山那边哟好地方，穷人富人都一样，你要吃饭得做工哟，没人为你当牛羊。老百姓呀管村庄，讲民主呀爱地方，大家快活喜洋洋。

现代青年喜欢说的"诗和远方"，其实不外如是，都是用意念或距离，给现实生活加上的滤镜。但若没有这层滤镜，生活将变得苍白无味，不可耐受。

我刚从汪曾祺的故乡（也是我的籍贯所在地）高邮归来。带着朋友走"汪曾祺上学路"，不禁再次感慨：这一千多米的东大街，几乎构成了汪曾祺几十篇高邮小说与散文的来源。没有比汪曾祺更能密切发掘熟悉的生活的了，他写的每一个人几乎都有原型，但他能用这些无处不在的小人物与小事件，构成汪曾祺的高邮世界。如果想不透真与幻之间的关系，你来高邮一定会失望的：大淖就这么一片水塘？菩提庵就这几间破瓦房吗？蒲包肉能有想象中好吃吗？咸鸭蛋——咸鸭蛋是真好吃，是真实的。

我是学现代文学出身，读书的时候，相当困惑于胡适等新文学家对中国古典小说的评价。比如他说《儒林外史》的语言是好的，但技术非常坏，一个故事接一个故事，就是鲁迅说的"虽云长篇，颇同短制"（但鲁迅不以为病）。他又说《红楼梦》的糟糕之处在于没有plot，意思是没有什么中心情节。其实这就是胡博士的滤镜，他拿19世纪欧洲批判现实主义与自然主义的标准，往中国古典小说身上一放，果然是哪儿都不对——肯定不对，吴敬梓和曹雪芹可没去巴黎或伦敦的大学上过《小说作法》这门课。说实话，胡适的思路太简单了，国家落后等于文化落后，也等于文艺落后，根本没法儿聊。

其实中国古典小说有自己的范式与特色。尤其最伟大的几部，不只是思想出位——靠思想能成为名著的话，思想史与文学史可以合二为一了。对于如何书写面对的现实生活，中国古典小说有自己的尝试与路径。

回头看《红楼梦》的目录，发现它就是"真幻"交织的，林黛玉进贾府与乱判葫芦案是写实，太虚幻境初演红楼梦是写幻；刘姥姥一进荣国府是实写，宝黛钗的情海生波是虚写；王熙凤毒设相思局、协理宁国府是实写，大观园元妃省亲是虚写。之后进入大观园篇章，是写幻境，但幻境中总是穿插着现实，刘姥姥二进荣国府是写实，鸳鸯女誓绝鸳鸯偶是写实，贾政痛打贾宝玉是写实，后面马上又转入大观园的诗会——整部《红楼梦》就是真幻相织、虚实互见，有点儿像周作人分析中国文学史上的"载道""抒情"的交替出现。

从结构上来说，《红楼梦》后出转精，确实比《儒林外史》要强。《儒林外史》大致是开头幻，上半部真，下半部渐渐由真入幻，幻想部分又过于理想化，所以不免虎头蛇尾，往往让人读到三分之二即欲废卷。但《儒林外史》的上半部也不是一味写实，中间如马二先生游西湖，牛浦郎祖父为其做亲，都是生活中极有味的诗境。一味写实如《官场现形记》，或一味写幻如《玉梨魂》，其实并不好看，符合流行一时的情绪，终究难以成为传世经典。

我跟巴赫金不熟，不知道这种"真幻"的交织，跟复调小说有没有相通之处，但多半是没有吧。正如我之前说的，中国古典小说在人称视角的运用、心理独白的刻画方面，乏善可陈。作者们擅长的是精准到可怕的叙事与对白，用留白来制造想象的空间，还有就是用攒珠式的故事来展现生活的复杂阔大，其法与用长卷来描画长江或城市街道异曲同工。

熟悉连环画的朋友一定知道，不要说《三国演义》《水浒传》《西游记》这类故事性强的著作，就连《红楼梦》《儒林外史》这类不以情节取胜的小说，也能轻易地截成一个又一个的小故事。如果你以西方长篇小说的标准来衡量，当然会觉得这些小说缺乏 plot，但以中国小说自身的节奏来看，便知道作者的匠心在于一个个短篇之间的连接与缝合。我有时候会将这些长篇想象成一个很大很大的黑房间，一束聚光灯慢慢地扫过，或者照亮聚在一堆的几个人，或是跟随某个人的脚步从一处走到另一处。而整个房间，以及房间之外的世界，是读者用想象来补全的。一代又一代的读者在这条想象之途上跋涉，希冀借助刹那的光，看清一点儿前人未曾留意的细节。一部大作，就像卡尔维诺笔下那看不见的城市，我们这些几百年后的读者，仍然能用想象与新知，为这部作品添上一丝微光。

你们二位都在信里谈到了"系统"，重点是指向人物在系统内外的自我定位，这有点儿像是《儒林外史》的主题了。《红楼梦》里自然也有仕途经济与家计营生，但它的好处却在于将这些实相与幻境打成一体。说到底，如何跳出系统，不正是有个"山那边"的幻象在心中吗？前几天我跟秋水录播客，谈到民国青年向左翼杂志投书抒发苦闷，主笔恽代英总是回以"有正确的思想引导"便好了，这其实也是将幻象变成一种系统。鲁迅有句狠话："我觉得革命以前，我是做奴隶；革命以后不多久，就受了奴隶的骗，变成他们的奴隶了。"奴隶这个词，鲁迅很喜欢用。萧红《生死场》、萧军《八月的乡村》、叶紫《丰收》统统被收入"奴隶丛书"。奴隶是苦的，然而奴隶到底与奴才不同。晴雯、司棋、鸳鸯……她们是奴隶而非奴才。袭人则当然是奴才，薛宝钗、王熙凤也未尝不是奴才。如果用"系统"来解释，那便是安于系统内并一心维护系统，还是满心想跳出系统追寻爱与自由的差别吧。

而《红楼梦》本身，也是一种向着系统之外横跳的尝试与努力。鲁迅在《中国小说的历史的变迁》里评《红楼梦》："其要点在敢于如实描写，并无讳饰，和从前的小说叙好人完全是好，坏人完全是坏的，大不相同，所以其中所叙的人物，都是真的人物。总之自有《红楼梦》出来以后，传统的思想和写法都打破了。"用现在的话说，"从前的小说"可以称为类型小说，男必才，女必貌，才子佳人必有情，结局必是大团圆——其实就是现在说的爽文。然而《红楼梦》是很难让人爽的，它恰恰是利用真实与幻境的交替书写，制造了一种间离效果，作者多次提到"悔"，不是故作姿态的白说。他悔什么？悔当初不识家庭和融平稳的可爱？悔当年不领会佳人好时的可贵？还是悔自己不曾懂得世故人情、仕途经济，无力扶得大厦将倾？

如晓蕾所言，我说过要替高鹗说两句公道话。这公道便在于，纵然后四十回有千般不是，较之那些非要让系统完满的续书，还是好得远。前人早已指出，后四十回中，有些段落实在不丑，像林黛玉魂归离恨天时喊的一句"宝玉，宝玉，你好……"，就很难找到别的写法。如果说这一段是从晴雯之死套化而来，那也算是化用得相当漂亮了。又有贾府抄家里那一句"多多少少的穿靴戴帽的强……强盗来了！翻箱倒笼的来拿东西"，有人说不是经历过抄家的人，再也写不出这种古怪的称呼，我很是同意。

就是这些段落与整体的悲剧格局，甚至让我相信"俱兰墅所补"的"补"字，非是续书，也不是《权力的游戏》第八季那样的为求全而求全，而更像是勇晴雯病补雀金裘——在原来的残篇基础上勉力连缀缝合，"补虽补了，到底不像，我也再不能了"。这是高手的自我要求，但在麝月这些人看来，"这就很好，若不留心，再看不出的"。1987版电视剧《红楼梦》非要按红学家的意见拍结局，我是不赞成的。从接受学来说，《红楼梦》流传二百多年，世人都将其看作一百二十回的全本，这种接受与传播本身，就是一种能量的存在。就像咱们今天突然从哪个墓里挖出一本诗集，里面的诗写得赶李白超杜甫，我们就真的拥有与李、杜鼎足而三的代表诗人了吗？不行的。因为多年的吟咏与传诵，已是作品与历史的一部分，哪能说补就补、说换就换呢？

人性在一两百年内是不会有大变化的。鲁迅所说的这段话，自《红楼梦》诞生以来，从未过时：

> 中国人看小说，不能用赏鉴的态度去欣赏它，却自己钻入书中，硬去充一个其中的脚色。所以青年看《红楼梦》，便以宝玉、黛玉自居；而年老人看去，又多占据了贾政管束宝玉的身分，满心是利害的打算，别的什么也看不见了。

我听你们俩热烈讨论"拥黛驱钗"的时候，总是笑而不语。事实上，现世如逢薛宝钗，我固然是客客气气地见过便算，决不深交，碰上林黛玉，我也决不会当她是朋友的。薛宝钗输在一个"伪"字上，而林黛玉则是一个负能量小旋涡——当然爱她的人不在乎。像我这种王小波的信徒，总是想反对虚伪、反对矫情、反对无趣——虚伪、矫情、无趣，正好可以贴在宝钗、黛玉、宝玉身上。对于他们，我都能给予"了解之同情"，但坦白说，我不喜欢他们中的任何一位。

托尔斯泰走在街上，给了一个乞丐一点儿钱。旁边的朋友说，你不该给他钱，这个乞丐品行不好。托尔斯泰说："我不是施舍给他那个人，我是施舍给人道。"我爱《红楼梦》，不是爱它里面哪个人，哪些人，我爱的是曹雪芹真切写出的"爱、现实、自由"之间的冲突，爱他笔下"赋得永久的悔"，爱大观园里雪天的青春、酒与诗。我这些念头，从前只是隐隐存着，不大同人谈起。今年（2023年）咱们既然认真读了《红楼梦》，我也借机梳理了自己的想法。丰子恺说过，吃饭图饱，喝酒图醉，这是俗人的想法。吃饭喝酒的美妙，在于它的过程。读小说亦是如此，追求爽快，追求代入感，固然是小说得以流传的最大动因。但我更享受的是读小说的过程，是读到了它与从前，与其他小说的"不一样"。有人评论《宇宙探索编辑部》说：如果你喜欢看一群神经病聚会，你就会喜欢这部电影。我觉得，何谓出色的艺术作品，有一个标准是它有没有创造自己的法则、自己的宇宙，并能让受众相信——这种相信，不是放弃自我的沉浸式体验，而是即使拆掉了"第四堵墙"，清醒地认识到这是小说这是戏，却仍能体味到个中的美好，而且是这部作品独一无二的美好。

　　夜深了。咱们读《红楼梦》的通信也该收尾了。相聚总是从同框开始，以离散结束。没关系，下一个片场，咱们又会重逢。

　　即请

文安

杨早

2023年4月17日

三十四个故事解码《红楼梦》

附录

《红楼梦》被列入统编语文教材高中语文必修下册整本书阅读书目，是高考备考的重点书目。我们很难去评价这一规定的动机与效果好坏，但可以确定的是，这本书将成为万千普通高中生的痛点，直追周树人与文言文、写作文。

绝不是说《红楼梦》不够经典，不值得中学生阅读。我们知道，凡经典名著，一定是源于生活，而高于、另于生活。你可以将之理解为一种"编码"的做法，生活琐碎而残缺，平庸而杂乱，但经过大手笔的编码，对生活的书写变得光彩夺目，不可逼视。一方面，它是整个中国文学的高峰；另一方面，珠穆朗玛峰不是谁都爬得上去的，故此《红楼梦》2019年曾被网络票选为"当代青年死活读不下去的十本书"之首。

我们平时在生活中见过的读者也泾渭分明，爱《红楼梦》的人爱得要死，还是"开谈不说《红楼梦》，读尽诗书也枉然"的乾嘉遗风，而读不下去的人也多得很，包括一些文学博士、名师教授。对此我的理解是，"编码"对于每个人的难易程度、对接频道都有不同，就像有些人爱香菜、爱鱼腥草，但就有另一些人觉得香菜有臭虫味（据说七个人里就有一位），鱼腥草是黑暗料理。味无定味，适口为佳，也是没有法子的事。

我们用十八封信聊《红楼梦》，首要的当然是跟同好分享感受，但对于那些《红楼梦》的潜在读者，可能因为难于解码而不得其门而入的朋友，我们有计划像兰姆为莎士比亚剧作写《莎氏乐府本事》一样，为《红楼梦》写一本"解码"的故事集，用三十四个故事把《红楼梦》前八十回写得明白易晓，至少能让没时间精力看《红楼梦》的中学生，可以比较简便快捷地知道《红楼梦》讲了些什么故事，有哪些人物与细节。

当然这个计划暂时没有完成，我们还是要先将已有的十八封信结集出版。但我想可以将《红楼乐府本事》（戏仿的，别当真）的目录与点评当作本书的导读，至少让大家明白我们这个计划的方向是什么，我们有什么差异化的读《红》思路。

下面是拟好的《红楼乐府本事》目录：

（一）"真"和"假"开场（第一、二回）

（二）宝黛钗相会京师（第三、四回）

（三）梦中的预言：哪些人是十二钗（第五回）

（四）刘姥姥来了（第六回）

（五）茶杯里的三角风波（第七、八回）

（六）贾宝玉与秦氏姐弟（第七、十、十五、十六回）

（七）又毒又刚王熙凤（第十一至十五回）

（八）秦可卿的葬礼（第十三至十五回）

（九）省亲！省亲！（第十六至十八回）

（十）少年宝玉之烦恼（第十九至二十二回）

（十一）黛玉葬花为哪般（第二十三、二十七回）

（十二）丫头小红的上进之路（第二十四、二十六、二十七回）

（十三）弟弟害哥哥（第二十五、三十三回）

（十四）姐姐妹妹应付不来（第二十八至三十一回，第三十四、四十五回）

（十五）宝玉挨打冤不冤？（第二十八、三十二、三十三回）

（十六）丫鬟们的日常世界（第三十一回，第三十三至三十六回，第五十七回）

（十七）大观园里的诗与青春（第三十七、三十八回）

（十八）刘姥姥游园惊梦（第三十九至四十二回）

（十九）姐姐妹妹和好了（第四十二、四十五回）

（二十）他们夫妇拔剑，我在上坟（第四十三至四十四回）

（二十一）鸳鸯不嫁大老爷（第四十六回）

（二十二）香菱学诗（第四十七、四十八回）

（二十三）自古烧烤出好诗（第四十九至五十回）

（二十四）平儿与晴雯的高光时刻（第三十一、五十一、五十二、六十一回）

（二十五）从除夕到元宵（第五十三、五十五回）

（二十六）拯救大观园的努力（第五十五、五十六回）

（二十七）红楼十二官的是是非非（第三十六回，第五十八至六十一回）

（二十八）怡红院的私房菜（第六十二、六十三回）

（二十九）二爷偷娶了二姐（第六十四至六十五回，第六十七至六十九回）

（三十）柳湘莲与尤三姐（第四十七、六十五、六十六回）

（三十一）抄检大观园（第七十至七十四回）

（三十二）中秋夜的悲音（第七十五、七十六回）

（三十三）晴雯之死（第七十七、七十八回）

（三十四）娶错了，嫁错了（第七十九、八十回）

图书在版编目（CIP）数据

十字路口的贾家：18封信聊透《红楼梦》/ 刘晓蕾，杨早，庄秋水著. -- 南京：江苏凤凰文艺出版社，2025.3. -- ISBN 978-7-5594-7380-6

Ⅰ. I207.411

中国国家版本馆CIP数据核字第2025DS4207号

十字路口的贾家：18封信聊透《红楼梦》

刘晓蕾　杨　早　庄秋水　著

责任编辑	曹　波
特约编辑	赵玮婧　林立扬
封面设计	昆　词
出版发行	江苏凤凰文艺出版社
	南京市中央路165号，邮编：210009
网　　址	http://www.jswenyi.com
印　　刷	嘉业印刷（天津）有限公司
开　　本	787毫米×1092毫米 1/32
印　　张	8.375
字　　数	128千字
版　　次	2025年3月第1版
印　　次	2025年3月第1次印刷
书　　号	ISBN 978-7-5594-7380-6
定　　价	55.00元

江苏凤凰文艺版图书凡印刷、装订错误，可向出版社调换，联系电话025-83280257